KB001953

타리 와타루 지음
칸⑧ 일러스트
10.5
ten and
a half

Contents

유키노
yukino

유이가하마 유이
yui yuigahama

타 유키노
ukinoshita

히키가야 하치만
hachiman hikigaya

My youth romantic comedy is wrong as I expecte

유키노시타 유키노
yukino yukinoshita

시 내 청춘
브코메디는
못됐다.10.5

youth romantic comedy is
ong as I expected.

장인물 【character】

히키가야 하치만………… 주인공. 고2. 성격이 삐뚤어졌다.

유키노시타 유키노………… 봉사부 부장. 완벽주의자.

유이가하마 유이………… 하치만과 같은 반. 주위의 눈치를 보는 경향이 있다.

토츠카 사이카………… 테니스부원. 무진장 귀엽지만 남자.

하야마 하야토………… 하치만과 같은 반. 인기인. 축구부.

토베 카케루………… 하치만과 같은 반. 하야마 그룹의 촐랑이.

잇시키 이로하………… 축구부 매니저. 1학년으로 학생회장에 당선.

히라츠카 시즈카………… 국어 교사. 생활 지도 담당.

히키가야 코마치………… 하치만의 여동생. 중학교 3학년.

일본판 오리지널 디자인
numata rina

머지않아 자이모쿠자 요시테루도 할 수 있는 간단한 일이 아마도 발견된다.

이 지구촌 사람이라면 누구나 아는 사실이지만, 치바는 겨울에도 눈이 별로 내리지 않는 지역으로 유명하다. 하지만 그렇다고 춥지 않다는 말은 물론 아니고, 겨울이니까 당연히 춥다. 심지어 어쭙잖은 북쪽 지방보다도 훨씬 춥지 않을까 싶다.

그래봤자 1월 말에서 2월에 이르는 기간을 타지에서 보내본 적이 없는 관계로, 정말 그런지는 모른다.

비교 기준으로 제시되는 거라고는 온도계 눈금뿐인데, 일기 예보에 표시되는 기온이 영하를 가리킨다 해도 그게 실제로 어느 정도의 추위인지는 직접 경험해보지 않으면 모르는 법이다.

반대로 이곳 치바에서도 온도계의 눈금이 곧 피부로 느끼는 추위의 강도로 직결되지 않는다는 것 또한 진리.

세상에는 이른바 체감온도라는 개념이 존재한다.

실제로 경험하여 그것을 지각하고 학습한 결과, 비로소

실감이 싹튼다.

그러한 사례에 비추어볼 때, 현재 부실 벽에 걸려 있는 온도계의 수은주와 내 체감온도 사이에는 약간의 괴리가 있는 것처럼 느껴졌다.

그 주된 원인은 지금 눈앞에 앉아 있는 남학생이겠지.

한겨울이건만 그 녀석은 땀으로 목욕을 하다시피 한 채, 입가를 씰룩거리며 손바닥 장갑을 낀 손등으로 쓰윽 땀을 훔쳤다.

"……므음."

침통한 목소리로 중얼거린 그 남학생, 자이모쿠자 요시테루가 고개를 푹 숙였다. 그러자 즐겨 입는 트렌치코트에 목이 쏙 파묻혀, 뭔가 전위적인 조형물처럼 보였다. 무사시코스기 근처에 있는, 잘못된 고급 노선을 표방하는 타워 맨션 입구에 놓여 있을 법한 느낌이었다.

고작 한마디를 끝으로 자이모쿠자는 도로 입을 조개처럼 다물어버렸고, 봉사부 부실은 다시 정적에 휩싸였다.

이곳에는 나와 자이모쿠자 둘만 있는 게 아니련만, 하나같이 내 알 바 아니라는 양 홍차 잔을 들고 문고본을 탐독하거나 과자를 냠냠 먹어치우며 휴대폰을 만지작거리거나, 또는 손거울을 들여다보며 앞머리를 매만지느라 바빴다.

"……므음."

자이모쿠자가 또다시 나직이 중얼거리며 천장을 올려다보

았다. 아까보다 한결 짙은 비장감이 묻어나는 음성이었다. 하지만 그래도 다들 묵묵부답이었다.

아무도 반응을 보이지 않는데도 불구하고, 자이모쿠자는 그 후로도 몇 번이고 연거푸 신음을 흘려댔다.

그러자 마침내 인내심의 한계에 도달했는지, 책상 맞은편에서 희미한 한숨소리가 들려왔다.

흘낏 시선을 주자, 봉사부 부장인 유키노시타 유키노가 찻잔을 컵받침에 내려놓고 관자놀이를 지그시 누르는 게 보였다.

자이모쿠자를 힐끗 곁눈질한 유키노시타가 그 시선을 다시 내게로 향했다.

"……일단 용건을 확인하는 편이 낫겠니?"

"우움…… 그치만 우리가 물어봐두 소용없잖아. 중2, 힛키하구만 말하는걸?"

센베를 오독오독 씹으며 나른한 기색으로 대답한 사람은 유이가하마 유이였다. 흐느적거리며 반쯤 책상에 엎드린 자세로 고개를 돌려 나를 바라본다.

하긴 조금 텀을 두었을망정, 무턱대고 쳐들어온 자이모쿠자에게 반응을 보여줬다는 점에서 유키노시타나 유이가하마는 그래도 양반이라고 할 수 있다.

문제는 아까부터 자이모쿠자를 개무시하기로 작정하고 손거울과 눈싸움을 벌이는 중인 잇시키 이로하다. 그보다 넌 또 왜 여기 있는데? 하긴 뭐든 상관없지만. 안 물어볼 거지만.

잇시키는 자이모쿠자 쪽은 거들떠보지도 않고, 앞머리 손질이 끝나자 파우치에서 핸드크림을 꺼내 콧노래를 흥얼거리며 손 피부 관리에 돌입했다. 잇시키의 가느다란 손가락이 크림을 천천히 펴 바르자, 시트러스 향이 훅 끼쳐왔다.

그러고 보니 잇시키와 자이모쿠자는 초면이었던가.

하지만 이 상태로 봐서는 설령 구면이었다 할지라도 잇시키가 자이모쿠자에게 말을 걸 리는 없을 테지. 물론 그 반대도 마찬가지다.

그렇다면…… 하고 생각하는데, 유이가하마가 책상에 엎드린 채로 입을 열었다.

"힛키, 물어봐주지 그래?"

그 말에 유키노시타도 자못 당연하다는 투로 고개를 끄덕였다.

"……하기는 그렇구나. 애초에 히키가야, 네 담당 안건이니까."

"멋대로 담당으로 앉히지 말라고……."

저는 토츠카 담당, 줄여서 토츠카당이거든요? 응원 피켓을 만들어서 라이브를 보러 갈 만큼 열혈 팬이거든요? 그나저나 토츠카당에서 당을 된소리로 발음했을 때의 깜찍함은 위험 수위.

어쨌거나 불행하게도 이 부실에는 나 이외에 자이모쿠자

와 의사소통이 가능한 사람이 없다. 성가신 사태가 벌어질 거란 사실은 어렴풋이 예상이 되지만, 그냥 내버려두면 저 녀석은 계속 여기 죽치고 있겠지.

"자이모쿠자, 너 대체 뭐 하러 온 거냐……."

결심을 굳히고 운을 떼자, 자이모쿠자가 고개를 번쩍 들더니 어딘가 기쁜 듯한 미소를 지었다.

"오오, 이게 누군가! 하치만 아닌가!"

"저기, 그런 유치한 연극은 생략해도 된다만……."

"프큼, 그러한가. 실은 좀 곤란한 일이 생겨서 말인데……."

거기서 말을 끊은 자이모쿠자가 잠시 뜸을 들였다. 분위기를 바꾸려는 듯 앉은 자세를 고치길래, 듣는 입장인 나도 등줄기를 곧게 폈다.

"본관이 편집자가 되어볼까 고민 중이라는 사실은 알고 있으렷다?"

"그럼. 물론 금시초문이다만."

이 자식, 왜 또 자다가 봉창 두들기는 소리냐……. 기막혀하는데, 옆에서 듣고 있던 유이가하마가 불쑥 중얼거렸다.

"라이트 어쩌구 아니었나……?"

착실하게 반응해주다니 착하구나, 유이가하마. 나머지 둘은 거의 대놓고 무시하는 중인데. 방금 전까지만 해도 일단 신경 써주는 기색이던 유키노시타도 자이모쿠자의 대답에 일고의 가치도 없다고 판단했는지, 무심한 얼굴로 문고본

페이지를 팔랑 넘기며 독서를 재개했다. 처음부터 무관심으로 일관해온 잇시키는 아예 인상을 쓰며 뷰러로 속눈썹을 집느라 여념이 없었다.

하지만 유이가하마의 지적도 타당하다. 자이모쿠자의 장래희망은 분명 라이트노벨 작가였을 터였다. 한때는 게임 시나리오 라이터가 되겠다고 설치기도 했지만, 그 후 얼마 못가 도로 라이트노벨 작가 지망으로 회귀했을 텐데. 이렇게 짧은 기간에 손바닥 뒤집듯 말이 바뀌다니, 혹시 저 녀석의 천직은 정치가인 거 아냐?

어쨌거나 변심한 이유를 물어보려고 자이모쿠자 쪽을 돌아보자, 자이모쿠자가 복잡한 표정으로 팔짱을 꼈다.

"프흠, 라이트노벨 작가는 엔터테인먼트 업계에서도 최하층이니. 맨바닥에서 혼자 시작할 수 있고 누구나 할 수 있는 일. 톡 까놓고 말해서 라이트노벨 작가가 돼봤자 아무도 부러워하지 않고, 라이트노벨이란 사실만으로 쓰레기 취급……."

이야기하는 자이모쿠자의 표정은 음울했으나, 이윽고 눈을 쿠오옷 부릅뜨며 비장한 목소리를 냈다.

"……본관은 깨달았노라."

"뭐, 뭘……?"

안경 뒤에서 번뜩이는 눈동자에 불길한 예감을 느끼면서도 물어볼 수밖에 없었다. 그러자 의자를 덜커덩 밀어젖히며 자이모쿠자가 벌떡 일어섰다.

"쓰면 까이고 쉬면 잊힌다! 업계 내에서는 길가에 굴러다니는 돌멩이 취급! 과연 그런 일에 열정을 쏟을 가치가 있단 말인가!"

우렁찬 목소리가 부실 안도 모자라 머릿속까지 쩌렁쩌렁 울려 퍼졌다. 그 반향이 잦아들자, 자이모쿠자는 도로 얌전히 의자에 앉았고, 부실에는 다시 적막이 흘렀다.

그토록 큰소리로 부르짖었건만, 부실 안의 반응은 여전히 시큰둥했다. 그동안 자이모쿠자의 이야기를 들어주던 유이가하마도 어느새 휴대폰을 만지작거리기 시작했다.

어느덧 자이모쿠자의 말에 귀 기울이는 사람은 나뿐이었다. 비록 외톨이 인생에 익숙해진 저입니다만, 이런 식의 고독감은 좀 뼈아프군요.

"그, 그러냐……. 빠삭하네……."

무어라 반응하기 힘든 절규에 대답할 말을 찾지 못해 적당히 장단을 맞추자, 자이모쿠자가 씨익 웃었다.

"인터넷에서 봤거든."

우와, 짱이야. 인터넷 짱이야~. 인터넷에는 뭐든지 나와 있구나~.

여태껏 나눈 대화만으로도 포만 중추가 자극되다 못해 배가 빵빵하게 불러올 지경이었지만, 자이모쿠자의 설법은 그 후에도 계속되었다.

① 머지않아 자이모쿠자 요시테루도 할 수 있는 간단한 일이 아마도 발견된다.

"그 점에서 편집자는 끝내주지! 안정된 생활을 누릴 수 있을 뿐더러 제작자이니 애니메이션 현장과도 가까울 터. 고로 성우와 결혼도 가능하단 말씀! 후하하하하!"

"네놈의 머릿속은 해피 세트냐고 묻고 싶을 만큼 대책 없이 낙천적인 사고방식인데……."

크리스마스와 설날과 생일이 한꺼번에 몰려와도 그만큼 해피하진 않을걸. 급기야 할로윈과 밸런타인데이도 동시에 찾아올 수준. 그나저나 세간에서는 해피 할로윈이니 해피 밸런타인이니 하는 인사를 자연스레 주고받는데, 도대체 뭐가 그렇게 해피한 거냐고. 심지어 밸런타인데이는 밸런타인 사제의 순교일인데……. 이러다 머지않아 만우절도 해피 만우절! 이라고 해대는 거 아냐?

아무데나 해피를 못 갖다 붙여서 안달인 요즘 풍조처럼, 자이모쿠자의 사고 회로도 무진장 해피해서 위험해. 뭐가 위험하냐면 엄청 위험해.

애당초 최종 목표가 성우와의 결혼이라는 점부터가 위험하다.

안 그래도 결혼률이 낮은 시대인데, 한낱 라이트노벨 작가 나부랭이가 성우하고 결혼할 수 있을 리 없잖아. 작작 좀 해!

착각 속에서 허우적거리며 인생을 낭비해버린 자이모쿠자가 상처 입든 좌절하든 내 알 바 아니지만, 이것만큼은 똑똑히 일러두어야 한다. 동급생의 온정이라고나 할까.

"자이모쿠자."

"뭐, 뭐냐……."

무의식적으로 목소리를 낮게 내리깐 탓일까, 아니면 내 기백이 목소리에 배어나온 걸까. 말을 걸자 자이모쿠자가 자세를 바로하고 내 눈을 똑바로 응시했다. 그 눈동자를 바라보며, 천천히 입을 열었다.

"너 중학교 때 그런 생각 안 했냐? 고등학생이 되면 여자 친구가 생길 거라고."

"그읏!"

정곡을 찔렸는지, 자이모쿠자가 이마에 비지땀이 송골송골 맺힌 채 침묵했다. 그 반응에 바로 후속타를 날렸다.

"그리고 지금, 너는 이런 생각도 하고 있겠지. 대학생이 되면 여자 친구가 생길 거라고!"

"그으읏! 어, 어떻게 안 거냐?!"

구태여 물어볼 것도 없다. 그 질문의 답은 정해져 있으니까.

"그야 누구나 거쳐 가는 길이니까……."

저도 모르게 아련한 목소리로 대꾸하고 말았다. 네, 맞습니다. 그렇게 생각했던 시기가 제게도 있었더랬지요……. 어릴 때는 정말이지 분수를 모른 달까, 세상물정을 모르니까. 스물다섯 즈음에는 당연히 결혼해서 애아빠가 되어있겠거니 하고 생각한단 말이지. 그러다가 중학교, 고등학교를 거

치면서 점점 세상사는 이치와 현실을 깨닫게 되고, 자신의 이상을 실현 가능한 범위 내로 하향 조정하게 되는 법이다. 소박한 꿈도 꾸지 못하는 이런 세상에서는[#1]…….

그런 생각을 하자 저절로 후훗 시니컬한 미소가 새어나왔다. 자이모쿠자도 내게 동조하듯 무겁게 뒤엉킨 한숨을 지었다.

그때 흠흠 조용한 헛기침 소리와 함께 나직한 중얼거림이 겹쳐서 들려왔다.

"누구나…… 그렇구나."

"우움……."

돌아보자 독서 중이었을 터인 유키노시타가 흘끔 이쪽을 보더니, 나와 눈이 마주치자 고개를 홱 돌렸다. 반면에 휴대폰을 만지작거리던 유이가하마의 손가락은 그 자리에 멎은 채, 복잡한 표정으로 굳어 있었다.

그리고 부실에는 또다시 정적이 내려앉았다. 엇, 뭐야 이 침묵은…….

어쩐지 껄끄러운 분위기에 안절부절못하는데, 잇시키가 손거울에서 시선을 떼고는 우리 쪽을 흘끗 곁눈질했다. 그리고 후우 가벼운 한숨을 내쉬며 입을 열었다.

"……별로 관심은 없지만 출판사란 곳, 들어가기 쉬운가

#1 소박한 꿈도 꾸지 못하는 이런 세상에서는 드라마 GTO 주제가 「POISON」의 가사.

요?"

대놓고 무시 하길래 전부 귓등으로 흘려버린 줄만 알았더니, 일단 듣고는 있었던 모양이다.

잇시키가 끼어들자 그제야 경직된 분위기가 풀렸다. 누군가를 향해서 물어본 것은 아니련만, 유키노시타가 고개를 갸웃했다.

"출판사는 상당히 좁은 문이라고 들은 기억이 나는데……."

"아하~. 하긴 힘들 거 같아."

유이가하마의 대답은 아는 건지 모르는 건지 의심스러운 느낌이었다. 애초에 출판사가 뭐하는 회사인지는 아는 거니, 너……?

유이가하마의 이해도 문제는 제쳐두고, 유키노시타의 말은 지당하다. 나도 아버지한테 매스컴 관련 대기업에 취직하기는 무척 어렵다는 이야기를 들은 적이 있다. 자아, 그럼 그런 난관에 도전하는 자이모쿠자 씨의 심경은 어떠하신지요……? 그렇게 생각하며 자이모쿠자 쪽을 돌아보자, 의외로 차분한 기색이었다.

"으음, 본관도 인터넷으로 조사해봤지만 입사는 힘든 모양이더군."

자이모쿠자가 프흠, 하고 팔짱을 끼더니 고개를 갸우뚱했다.

"허나 모를 일이로고……. 대체 무엇이 그리도 힘들단 말인가……. 라이트노벨 편집 따위 발로도 할 수 있으련만. 보내오는 원고를 읽기만 하면 되는, 누구나 할 수 있는 간단한 일일 게 뻔하거늘. 혹은 『소설가를 하자[#2]』에서 상위 랭커들에게 출판 제의 메일이나 보내면 그만 아닌가?"

"그, 그러냐……."

한때 라이트노벨 작가를 꿈꾸었다고는 믿기지 않을 수준의 폭언이었으나, 하긴 따지고 보면 라이트노벨 편집자가 실제로 어떤 일을 하는지 아는 사람은 많지 않다. 그러니 이런 편견이 생겨나는 것도 어쩔 수 없는 일인지 모른다.

상식적으로 보면 라이트노벨 편집자는 지독한 격무에 시달릴 게 틀림없다. 생각해보라고. 자이모쿠자같은 사고방식의 막장 라이트노벨 작가를 상대해야만 한다니, 그것만으로도 이미 속쓰림, 위산과다엔 겔○스잖아……. 글러먹은 작가일수록 죄다 편집자 탓으로 돌리고 싶어 할 테고.

"뭐, 일단 실제로 입사해보기 전까지는 모르는 거니까."

내 말에 자이모쿠자가 쯧쯧쯧 혀를 차며 손가락을 흔들었다. 거참 사람 열 받게 하네, 이 자식…….

"물론 취직 대책도 다 생각해두었다."

"호오……. 어디 한번 들어보실까?"

"확실히 대졸 신규 채용은 어려울 터. 허나 이직이라면

#2 **소설가를 하자** 일본 웹 소설 연재 사이트인 「소설가가 되자」를 살짝 바꾼 것.

상황이 다르다. 본관 정도 클래스면 우선 편집 프로덕션이나 약소 출판사에 잠입한 다음, 거기서 경력직 채용을 노리는 거지."

자이모쿠자가 에헴 거드름을 피우며 거만하기 짝이 없는 표정으로 설명했다. 저렇게까지 자신만만하게 굴면 어쩐지 설득력 있게 느껴지니 신기할 따름이다.

"우와, 의외루 고단수네……."

실제로 유이가하마는 홀라당 속아 넘어갔다.

"야, 일단 그 편집 프로덕션과 약소 출판사에는 어떻게 들어갈 건데……."

그림처럼 근사한 경력 설계다. 문제는 그게 있는 대로 데포르메된 그림이라 현실감이 전혀 없다는 점이다. 그 정도 허점은 유키노시타도 대번에 간파했는지, 눈살을 찌푸리며 복잡한 표정을 지었다.

"중소 출판사는 아예 신규 모집 자체를 안 할 것 같은데……?"

그러나 자기에게 불리한 이야기는 모조리 걸러듣는 게 자이모쿠자 이어(ear)다.

"그리하여 본관은 생각했노라. 학창시절에 편집을 해본 경험이 있으면, 가가가 문고[#3] 쯤은 단번에 합격할 거라고……."

#3 가가가 문고 「역시 내 청춘 러브코메디는 잘못됐다.」를 발간하는 라이트노벨 레이블.

"너 가가가를 너무 물로 보는 거 아니냐……."

그래 봬도 거기는 일단 3대 출판사 중 하나, 소학관이라고……. 그야말로 호쾌하리만큼 세상을 깔보는 느낌이지만, 그 자체는 크게 상관없다.

문제는 그 후에 이어진 발언이다.

"고로 편집 경험을 쌓는다는 의미에서 동인지를 제작하는 게 어떨까 해서 말이다."

"흐음, 그래? 뭐, 잘해봐라."

"으음……. 허나 본관에게는 같이 동인지를 제작할『진정한 동료』가 없다……. 같은 것을 보고 들을 수 있는『진정한 동료』가……."

"그, 그래……."

뭐냐, 그 불안감이 스멀스멀 피어오르는 단어는……. 어째 불길한 예감밖에 안 든다만……. 오한에 부르르 몸서리를 치는데, 마치 그 떨림을 멎게 하려는 것처럼 자이모쿠자가 내 어깨에 손을 턱 올려놓았다.

그리고 세계를 비추듯 환한 미소를 지어보였다.

"그래서 말인데……. 하치만, 같이 만들자~!"

"싫어. 애초에 동료도 아니고."

그딴『이소노, 야구하자!』[#4]처럼 값싼 정열로는 내 세계를

#4 이소노, 야구하자! 「사자에 씨」에서 나카지마가 친구 이소노를 불러낼 때의 단골 대사.

못 비춰.[#5] 여기서 영구 이탈이다. 결제한다면야 도와주지 못할 것도 없다만.

"하치마안~! 내내 동료라고 여겼는데! 왜 그런 심한 말만 하는 거야!"

너무해 너무해를 연발하며 자이모쿠자가 길길이 날뛰었다. 나라고 그렇게 매번 네놈 뒤치다꺼리나 할 순 없지, 암. 자이모쿠자의 성토를 귓등으로 흘려듣는데, 손거울 뚜껑을 탁 덮는 소리가 났다.

그쪽으로 시선을 돌리자, 자기 관리인지 매무새 체크인지를 끝낸 잇시키가 파우치에 거울을 집어넣었다. 그리고 집게 손가락을 턱에 대더니 으음~ 하고 뭔가 생각하는 것처럼 고개를 비스듬히 꼬았다.

"있죠, 동인지가 뭐예요~?"

"한마디로 말하면 개인적으로 제작하는 책이다만. 자기들끼리 만화를 그리거나 해서 그걸 책으로 만드는 거지."

"……아, 네에."

내 말을 듣고도 여전히 잇시키의 머리 위에는 물음표가 둥둥 떠다니는 느낌이었다. 나 역시 그쪽 방면의 프로가 아니다보니, 뭐라고 표현해야 좋을지 좀처럼 감이 잡히지 않았다.

#5 값싼 정열로는 내 세계를 못 비춰 게임 「테일즈 오브 제스티리아」의 장르명인 「정열이 세계를 비추는 RPG」의 패러디.

어떻게 설명해야 하나 고심하는데, 대각선 맞은편에 앉은 유이가하마가 저요, 저요! 하고 힘차게 손을 들었다.

"나 알아! 코미케란 거 맞지? 자기가 만화 그리구 그러는 거. 저번에 히나가 뭔가 얘기한 기억이 나."

"이해도가 부실한데다 에비나 양의 취향은 좀 특수해서 문제다만, 뭐 대충 그런 거랄까."

그러자 이번에는 유키노시타가 납득이 가지 않는다는 표정으로 고개를 갸웃했다.

"꼭 만화로만 한정되는 건 아니잖니. 개인적으로는 문예계통의 이미지가 강한데."

"그래, 그런 것도 있지."

더 정확히는 저명한 문호와 걸출한 작가들의 활동이 그 시초가 되었다고 봐야 한다. 『시라카바』나 『가라쿠타 문고』 같은 건 교과서에도 실려 있을 정도니까.

실제로 만화뿐만 아니라 평론과 고찰, 사진집에 이르기까지 동인지의 범위는 무궁무진하다. 장르뿐만 아니라 내용도 천차만별이다.

게다가 일괄적으로 평론으로 분류해도 세부적으로 살펴보면 군사 평론에서부터 지난 분기 방영 애니메이션 총괄평론, 심지어 일요 애니메이션 가위바위보 필승법[#6] 같은 것

#6 일요 애니메이션 가위바위보 필승법 일요 애니메이션 「사자에 씨」는 매회 예고 시 독자와 가위 바위 보를 하는데, 그 패턴과 경향을 분석한 동인지가 있다고 함.

마저 존재한다. 또한 동인 활동이라는 보다 큰 틀에서 본다면 책뿐만 아니라 코스프레나 개인 제작 애니메이션, 음악, 드라마 CD나 캐릭터 상품 제작 등, 정말로 다양한 분야가 있다.

그런 사실을 요약해서 설명하자, 잇시키가 고개를 끄덕였다.

"흐음, 코미케라……. 그러고 보니 들어본 적이 있어요."

알고 있나, 라이덴. 하긴 최근에는 TV에서도 특집 방송을 편성하곤 하니까, 코미케의 존재 정도는 안다 해도 이상할 게 없다.

하지만 아무래도 잇시키의 지식은 한쪽으로 편중된 듯 하다.

"뭔가 엄청나게 돈벌이가 된다면서요~?"

반짝 눈을 빛내며 살짝 몸을 기울인 채, 흥미진진한 기색으로 상체를 앞으로 내밀고 눈만 빼꼼 들어 나를 올려다보며 묻는다. 그 포즈만 보면 순진무구하고 청순한 소녀 같은데, 그 입에서 나오는 말은 최악이잖아, 이 아가씨…….

"아니, 꼭 그렇지도 않을걸? 대개는 수지타산을 도외시하고 만든다던데."

애초에 동인지란 그 전제부터가 「좋아하니까 만드는」 것으로, 이윤 추구 목적은 아니라고 한다. 물론 나도 자세히는 모르지만. 어쨌든 실제로 동인지를 내는 서클 중 대부분은 끽해야 본전치기에 쌤쌤, 플러스마이너스 제로인데다 제반 비용을 포함하면 적자를 보는 경우도 종종 있는 모양이다.

"……돈이 안 되는데…… 만든다?"

나직하게 뇌까린 잇시키가 끄응끄응 신음하며 머리를 쥐어뜯었다. 아무래도 이해가 안 가나 보구만…….

"이른바 취미의 세계라는 거구나."

유키노시타가 흠흠 고개를 끄덕였다. 하긴 홍차에 팬돌이에 고양이 관련 상품까지, 취미에 제법 돈을 들일 걸로 보이는 유키노시타 입장에서는 의외로 피부에 와 닿을지도 모른다.

"그치만 그런 거, 뭔가 대단한 거 같아."

오독오독 과자를 먹으며 말해봤자 별로 대단하게 여기는 느낌은 안 들지만, 유이가하마도 나름대로 감탄한 눈치였다. 그 입에서 후와~ 하고 탄성을 흘러나온다.

"동인 활동 자체는 그렇게 특수한 게 아니라고. 애초에 뭔가 책을 만들고 싶어 하는 건 꼭 오타쿠만의 특성도 아니잖아?"

"그래요~?"

잇시키는 여전히 납득이 가지 않는지, 대꾸하는 목소리에서도 어딘가 의구심이 묻어났다. 하긴 잇시키처럼 동인지 같은 세계와는 인연이 없는 사람 눈에는 그렇게 비칠 만도 하다.

하지만 유사한 사례라면 그 밖에도 있다.

"그 왜, 대학생들이 자주 만드는 무가지(無價紙) 같은 거 있잖냐. 그런 거라고, 그런 거."

내 지적에 유이가하마가 손바닥을 탁 쳤다.

"아하, 학교 축제에서 많이 나눠주는 그거 말야?"

"……아, 그거라면 알 것 같아요."

잇시키도 대충 감을 잡았는지, 흠흠 고개를 끄덕였다.

"그렇지? 요컨대 무가지란 의식 있는 지성인의 동인지라고."

"그렇게 설명하니 갑자기 수상쩍은 느낌이 물씬 풍기는구나. 절묘한 표현이야……."

좋지 못한 기억이 떠오르기라도 했는지, 유키노시타가 관자놀이를 지그시 누르며 말했다. 오, 신기한걸? 사실은 나도 의식 있다는 말을 하고 나니 살짝 뒷골이 띵해지는 느낌이 들었거든.

"아무튼 무가지에 대해 약간의 바이어스를 심어주는 결과가 됐을지도 모르지만, 그로 인해 어느 정도의 컨센서스를 얻어내는 데는 성공했다고 봐도 무방하겠지. 물론 같은 무가지로 분류되더라도 케이스 바이 케이스니까, 명확한 어그리먼트를 얻어내려면 앞으로도 인플루언서로서 트라이&에러를 거듭하며 성과를 커미트하는 수밖에 없겠군."

"선배님, 갑자기 왜 그러세요……."

잇시키의 얼굴이 경악으로 물들었다. 기분 탓인지 의자도 몇 센티 뒤로 이동한 것처럼 보였다.

"엇, 미안. 순간적으로 의식이 고취되는 바람에 그만……."

"차라리 의식을 잃는 편이 낫겠구나……."

유키노시타가 기막히다는 듯 한숨을 쉬었다.

어쨌거나 둘 다 취미 활동이라는 점은 일치한다.

무가지를 만드는 녀석들도 기본적으로는 동인 서클과 별 차이가 없다. 즉 그놈들은「의식 있는 지성인」이라는 장르의 오타쿠인 셈이다.

말하자면 장르 수만큼, 사람 수만큼 동인지가 존재한다는 뜻이다.

"그나저나 어떤 책을 낼 생각인데?"

내 질문에 자이모쿠자는 한동안 묵묵히 생각에 잠겼다. 그러다 쓱 고개를 들더니, 결연한 표정으로 입을 열었다.

"으음, 역시 소설이 좋지 않겠는가. ……본관, 특별히 해박한 분야도 없고. 그림도 못 그리고."

안쓰럽기 그지없는 이유였다.

그림은 못 그리니 라이트노벨 작가가 될래! 라는 식상한 패턴, 이제 그만 폐기하는 게 낫지 않겠습니까……. 최소한 취직은 가망이 없으니 라이트노벨 작가나 해먹어야겠다는 번듯한 이유로 지망해달라고.

"결국 라이트노벨이냐……. 라이트노벨이야 요새는 인터

넷으로 얼마든지 발표할 수 있잖아. 아까 네 입으로 말한 『소설가를 하자!』 같은 데라든가. 오히려 요즘은 그 편이 데뷔로 이어질 확률이 더 높은 거 아니냐?"

나답지 않게 자이모쿠자 상대로 건설적인 조언을 했다고 생각했으나, 자이모쿠자의 반응은 시큰둥했다.

"으음……. 허나 본관은 그런 게 영 탐탁지 않다."

"왜냐고, 좋잖아. 요즘 항간에서 대인기 아니냐? 이계 환생 치렘 하렘 무쌍."

"……으응?"

내 말이 끝나기가 무섭게, 잇시키가 「저게 뭔 헛소리야……?」라는 느낌의 낮은 목소리를 냈다.

그 표정은 뭐냐고. 열 받는구만……. 내가 뭐 이상한 소리라도 했냐?

그렇게 생각했더니만, 역시 이상한 소리를 한 게 맞았나 보다.

여자들이 끽끽 의자 끄는 소리를 내며 한곳으로 모이더니, 속닥속닥 회의에 들어갔다.

"이, 계환? 치? 방금 뭐라고 한 거람……?"

"우움, 치렘……? 그게 뭐야……?"

"뭔가 칠리소스 비슷하지 않아요?"

매콤한 걸 좋아하는구나, 잇시키.

이계 환생 치렘 무쌍이란 주인공이 이계에 환생해서 치트

① 머지않아 자이모쿠자 요시테루도 할 수 있는 간단한 일이 아마도 발견된다.

능력으로 무쌍을 찍으며 하렘을 건설하는 이야기다. 망했다. 설명해주려고 했더니만 이래서야 하나도 못 알아듣게 생겼잖아.

어차피 이쪽 장르는 좋아하는 사람들이 읽어주면 그만이다. 관심 없는 사람들에게 억지로 전파할 필요도 없거니와, 모든 사람들이 이해해주기를 바라는 것도 아니다.

이계 환생 치트물, 더 나아가서 라이트노벨 같은 장르는 좋아하는 사람들한테만 어필하면 되는 거다.

따지고 보면 라이트노벨에만 국한된 이야기는 아니다.

무엇이든 마찬가지다. 말도, 마음도.

기뻐해주기를 바라는 상대, 전하고 싶은 상대에게 전달된다면 그것으로 충분하다.

하지만 어찌된 영문인지, 자이모쿠자 씨한테는 죽어도 전해지지 않는단 말이지요~.

지금도 자이모쿠자는 우리의 토론은 안중에도 없이, 팔다리를 마구 버둥거리며 뭔가를 필사적으로 호소하는 중이었다.

"에잇! 그런 게 아니다! 인기나 독자 반응 때문이 아니닷! 본관은 그딴 것에 하등의 관심도 없고, 털끝만큼도 신경 안 쓰인대도! 다만 그 뭐냐, 그래! 순위라든가 랭킹이라든가, 본관은 그딴 틀에 얽매이는 게 싫단 말이닷! 본관의 작품을 화면 앞에서 평가당하고 싶지 않다고나 할까!"

순간적으로 폼 나는 소리를 한 걸로 착각할 뻔했으나, 대사 곳곳에 마음에 걸리는 단어들이 섞여 있었다. 거기서 도출되는 결론은 하나.

"아, 맞다. 그거 랭킹을 매기던가? 하긴 자기 작품이 철저하게 묻히는 꼴을 보면 아무래도 속이 쓰리겠지."

"오해다! 단언컨대 오해다! 본관은 한낱 랭킹이나 순위, 점수나 리뷰 따위는 조금도 개의치 않느니! 랭킹 따위 단순한 기준일 뿐! 나머지는 용기로 커버한다!"

자이모쿠자가 열변을 토했지만, 이 세상에는 역시 용기만으로 커버할 수 없는 것도 있다. 자이모쿠자가 뭘 걱정하는지 뻔히 보이다 못해 골격이 투시될 지경이라고!

"……그렇군. 실제로 글을 올렸다가 좌절한 거냐."

"대단한 진보로구나. 그걸 사람들 앞에 내놓다니, 상당한 각오가 필요했을 텐데."

"맞아맞아. 용감해, 용감해."

유키노시타와 유이가하마도 놀라움과 감탄이 반씩 섞인 느낌으로 자이모쿠자를 칭찬했다. 저기, 너희들 칭찬한 건 맞지? 그렇지? 혹시 지능적인 비아냥거림인가 고민했다고! 하기야 유키노시타는 애써 따져볼 필요도 없이 대놓고 비꼰 거지만!

그래도 나는 자이모쿠자를 칭찬해주고 싶은 심정이었다.

신인상 응모는 고사하고 좀처럼 원고를 완성하지도 못하

던 녀석이 비록 인터넷상일지라도 남들이 보는 공간에 글을 올린 셈이니까. 나 말고도 그걸 읽고 괴로워하는 놈들이 나타날 거라고 생각하니 아주 깨소금 맛이 따로 없구만. 자아, 모두들 더욱더 괴로워해라. 모두가 괴로움에 몸부림치면 이 세상은 분명 평화로워질 테지.

그렇게 생각했을 때, 자이모쿠자가 오해라는 듯 휘휘 손을 내저었다.

"아니, 글을 올리지는 않았다. 혹평당하는 다른 작품을 보고 그렇게 생각한 것뿐."

"아, 그러냐……."

아무래도 세계 평화는 아직 요원한 모양이다.

과연 자이모쿠자다. 찌질이 워너비의 칭호는 겉멋이 아니다. 반대로 생각하면 남의 작품이 가루가 되도록 까이는 모습을 보고 저만큼 감정이입을 하다니, 상당히 예민한 감수성을 지녔다 해도 과언이 아니다. 으음, 의외로 작가가 적성에 맞을지도 모르겠는걸……?

하지만 개인적으로 볼 때, 라이트노벨 작가가 가장 필요로 하는 자질은 감수성이 아니다. 문장력도 아니다. 구성능력이나 창의적인 발상도 아니다.

내 생각에 반드시 갖춰야만 하는 것은 강철 같은 멘탈이다.

어떤 모진 말을 들어도 굴하지 않는다. 판매량이 바닥을 쳐도 절망하지 않는다. 블로그나 트위터에 쓸데없는 소리를 하지 않는다. 다소 인기를 얻었다고 우쭐대지 않는다. 고귀하신 분들에게 무시당해도 좌절하지 않는다. 온갖 잡다한 일들로 숱한 마찰을 겪어도 포기하지 않는다. 온갖 잡다한 일들로 비참한 상황일 때는 현실을 직시하지 않는다. 자신의 실력을 과신하지 않는다. 애초에 자신을 믿지 않는다. 항상 마음을 무겁게 짓누르는 미래와 노후에 대한 불안은 떠올리지 않는다. 전화도 할 수 없는 외로운 밤이 오면 기쁜 소식이 들려와도 절대 기대하지 않는다. 남의 판매량을 신경 쓰지 않는다. 죽도록 글이 안 써져도 내팽개치지 않는다. 마감이 코앞으로 닥쳐와도 도망치지 않는다. 주위 사람들에게 감사하는 마음을 잊지 않는다.

이 십육 계명이야말로 라이트노벨 작가가 필히 갖추어야 할 마음가짐이다.

강인한 멘탈. 그것이 가장 중요하다. 『여동생만 있으면 괜찮아.』라는 라이트노벨 작가의 라이트노벨에 그런 말이 나왔던 느낌이 든다. 아니, 안 나왔을지도 모른다. 아니면 말고.

하지만 자이모쿠자는 프로가 아닐 뿐더러 근성도 제로니까, 가급적 성가시지 않은 방향으로 유도해야지! 자이모쿠자의 멘탈은 쿠○다스가 형님이라고 부르다 못해, 차갑게 해서 먹으면 더 맛있을 정도다.

일단 자세를 바로하고 흠흠 헛기침을 했다. 그리고 평소보다 약간 차분한 음성으로 천천히 입을 열었다.

"자이모쿠자, 네가 만든 동인지는 아마 한 권도 안 팔릴 걸. 그런 현실에 직면하는 것 역시 고통스럽지 않겠냐?"

그 광경이 생생히 눈앞에 떠오르는지, 자이모쿠자는 찍소리도 하지 못했다. 여름과 겨울에 폭염과 한파에 시달리며 내내 홀로 부스를 지키는 사이, 옆 부스에서는 코스프레를 한 여자 판매원과 하하호호 친목질하는 소리가 들려오고 앞쪽 서클에는 장사진이 생겨나는데도 도통 줄어들 기미가 없는 자기 동인지를 외면하고자 하염없이 허공만 바라본다……. 그런 상황을 자이모쿠자가 견뎌낼 수 있을까? 천만에. 죽었다 깨어나도 불가능할걸.

이윽고 자이모쿠자가 어깨를 축 늘어뜨리며 괴로운 목소리로 말했다.

"……일리 있는 말이로군."

"정 편집자가 되고 싶으면 동인지를 내기보다 다른 방법을 찾는 편이 나을 것 같다만."

"흐음…… 하긴 그러한가……."

사기가 꺾인 탓인지, 살살 구슬리자 자이모쿠자도 순순히 수긍했다. 좋았어, 이제 자이모쿠자의 동인지 제작에 동원되는 일은 없겠군…….

시끄럽게 설쳐대던 자이모쿠자가 얌전해지자, 부실은 순식간에 정적에 휩싸였다. 가까스로 일단락됐나 싶어 안도의 한숨을 내쉬는데, 오도독 센베 깨무는 소리가 들려왔다.

"근데 그 편집자란 거 말야, 어떻게 해서 되는 거야?"

유이가하마가 과자를 우물거리며 묻자, 자이모쿠자가 번쩍 고개를 들었다.

"으음, 그러고 보니……."

그 말에 나도 살짝 호기심이 발동했다.

"좋아, 한번 알아볼까……?"

자이모쿠자의 말을 빌리면, 인터넷에는 뭐든지 나와 있다. 나오지 않아도 될 것까지 나와 있다.

"유키노시타, 컴퓨터 좀 써도 되냐?"

"……봉사부는 컴퓨터실이 아니야."

핀잔을 주면서도 유키노시타가 몸을 일으켜 노트북을 꺼내 왔다. 그리고 빠릿빠릿하게 준비 작업을 해주었다.

곧바로 구글 선생님께 가르침을 구하고자 노트북을 마주하는데, 옆에 의자가 탁 놓였다.

그쪽을 돌아보자, 유키노시타가 내 오른쪽에 앉더니 주섬주섬 가방에서 안경을 꺼냈다.

윤기 있는 흑발을 살며시 쓸어 넘기고, 마치 티아라를 쓰는 것처럼 조심스레 안경을 낀다.

가늘고 나긋나긋한 손가락이 천천히 안경테에서 떨어진다. 기다란 속눈썹은 눈을 깜빡이면 렌즈에 닿을 것처럼 보였다. 준비를 마친 유키노시타가 누구에게랄 것도 없이 고개를 끄덕이더니, 노트북 화면을 들여다보려고 소리 없이 앞으로 당겨 앉았다.

그러자 머리카락이 사르륵 흘러내리며 비누 향기가 풍겨왔다.

가까워…….

딱 붙어 앉아 있자니 아무래도 낯 뜨거워, 의자를 살짝 왼쪽으로 틀려고 몸을 뒤틀었다. 그러자 은은하게 감도는 감귤 계열의 향수 내음이 코끝을 간질였다.

어느새 왼편에 자리 잡은 사람은 다름 아닌 유이가하마였다.

책상에 턱을 얹기라도 할 것처럼 몸을 앞으로 내밀자, 팔꿈치와 팔꿈치가 툭툭 부딪쳤다. 그때마다 서로 양보하듯 흠칫거리는 시선이 뒤얽혔다.

그 반응에 자리를 터주려나 기대했더니만, 유이가하마는 슬그머니 시선을 피할 뿐 비켜줄 기미가 없었다. 그럼 내가 비켜야겠다 싶어 슬쩍 몸을 틀자, 유이가하마의 치마와 내 재킷 자락이 스치는 느낌이 들어 옴짝달싹할 수가 없었다.

……가까워.

급기야 뒤에서도 인기척이 느껴졌다.

실내화 밑창이 찍찍 바닥에 끌리는 소리가 났다.

고개만 돌려서 살펴보니, 잇시키가 뒤에 서 있었다. 그리고 내 어깨 너머에서 빼꼼 고개를 내밀어 노트북 화면을 가

만히 주시했다.

살짝 체중을 실었는지 어깨에 올려놓은 작은 손의 감촉과 체온이 자꾸만 신경 쓰이는 데다, 얕은 숨소리까지 귓가를 맴돌았다. 덕분에 등줄기에 오싹 소름이 끼쳤다.

……그러니까 가깝다고.

양옆과 등 뒤를 점거당한 이상, 남은 길은 앞으로 숙이는 것뿐이다.

하지만 그 정면마저도 봉쇄당하고 말았다.

자이모쿠자가 내 앞으로 다가오더니, 요괴 스님#7처럼 꾸부정한 자세로 위에서 노트북을 내려다보았다.

가까워. 비키라고.

거의 전방위에서 가해지는 기묘한 압력에 어깨를 움츠리며, 머릿속에 떠오른 키워드를 탁탁 쳐 넣었다. 그러자 곧바로 수많은 검색 결과가 쏟아져 나왔다.

"취업 사이트에 취업 게시판……. 휴우, 출판사 취업 학원이라……. 별게 다 있구만……."

"아, 힛키. 이건 어때?"

그럴싸해 보이는 것들을 몇 가지 점찍어두는데, 유이가하마가 불쑥 몸을 내밀며 화면을 가리켰다. 그러자 유키노시타도 이쪽으로 고개를 기울이더니, 유이가하마가 말한 항

#7 요괴 스님 스님 모습을 한 거인 요괴. 위에서 사람을 내려다보며 위협하는 구도로 묘사되는 경우가 많음.

목을 소리 내어 읽었다.

"성공 체험기……. 실제로 출판사에 합격한 사람의 블로그 같구나. 괜찮지 않겠니?"

"선배님, 얼른요 얼른."

잇시키가 내 어깨를 탁탁 치며 재촉했다. 그러니까 너희들 좀 떨어지라고. 등에 기분 나쁜 땀이 나려고 하니까 한 15센티만 더 떨어져주면 안 되겠냐…….

의향을 확인하려고 앞에 있는 자이모쿠자를 흘끗 곁눈질하자, 자이모쿠자가 힘주어 고개를 끄덕였다.

"으음, 좋지 아니한가!"

"……그럼 어디 한번 볼까?"

표시된 링크를 클릭하자, 성공 체험기라는 블로그의 메인 페이지로 이동했다.

맨 위에는 큼지막하게 『**100% 수석 합격! 켄켄의 출판사 취직 "성공" 체험기!!**』라는 타이틀이 걸려 있었다.

"……야, 수석 합격이라는 게 뭐냐? 취직에도 1등과 꼴지가 있어?"

"조금만 기다려보렴."

그렇게 말한 유키노시타가 옆에서 손을 쓱 뻗어 새 탭을 열고 수석 내정 운운을 찾아보기 시작했다. 그러자 긴 흑발이 살짝살짝 스치며 내 손등을 간질였다. 덕분에 자연스럽게 손을 거둬들여 무릎에 올려놓고 공손하게 기다리는 포

① 머지않아 자이모쿠자 요시테루도 할 수 있는 간단한 일이 아마도 발견된다.

즈를 취하고 말았다.

검색 결과가 표시되자, 유키노시타가 화면을 척 가리켰다.

"공표는 하지 않지만, 회사 내부에서는 합격자의 순위를 매기는 모양이구나. 그 결과 1등을 한 사람이 수석 합격자. 수석 합격자가 되면 입사할 때부터 임원 후보생으로 간주되어 부서 배치에도 유리하게 작용한다…… 라고 하네."

"어째 그 임원 후보생이라는 말만으로도 불안해진다만……."

악덕 기업의 향기가 풀풀 나잖아. 「가족적인 분위기」나 「젊은 인재들이 맹활약합니다!」만큼이나 불안감을 부채질하는 말이다. 켄켄 씨의 말로가 걱정되기 시작하는데.

자아. 그럼 호러물 감상도 해볼 겸, 켄켄 씨가 정말 수석 합격으로 멋지게 출판사의 사축이 되는 데 성공했는지 그 영광의 궤적을 따라가 보도록 할까.

쭉쭉 스크롤을 내리며 순서대로 읽어가기로 했다.

『100% 수석 합격! 켄켄의 출판사 취직 "성공" 체험기!!』

이 블로그에서는 출판사 수석 합격까지의 여정을 순서대로 써내려가고자 합니다!

All right reserved ⓒkenken

1. 자기소개서를 쓴다.

네, 흔히들 자소서라고 줄여 부르는 바로 그거지요(하하).

약력과 직무 경력, 지원 동기 같은 일반적인 항목 외에도 작문이나 삼행시, 최근 주의 깊게 본 뉴스, 현재 주목하고 있는 인물 셋, 가장 창피했던 실패담 등, 각 기업마다 독자적인 항목이 존재합니다. 개중에는 페이지 절반을 비워두고 『이 공간을 활용하여 자유롭게 자기 PR을 해주세요』같은 독특한 요구를 하는 회사도 있습니다.

자소서는 취업 지원센터에 과거 샘플이 보관되어 있는 경우도 있고, 학회나 동아리 선배의 도움을 받는 것도 한 가지 방법이겠죠!

참고로 약력에 관해 한 가지 덧붙이자면…….

최근에는 자소서에 출신 대학을 기재하지 않아도 되는 곳도 많아, 꼭 학력 필터가 작용하는 것은 아닙니다. 오히려 저는 애초에 학력 필터라는 개념의 존재 자체에 회의적인 입장으로, 유명 기업에 합격한 학생들 중 대다수가 유명 대학 출신인 까닭은 그 간판 때문이 아니라, 그저 뽑힐 만한 잠재력을 지닌 인물이 유명 대학에 다니기 때문 아닐까 싶습니다.

편견을 버리고 보다 공정하게 응시자의 인성을 평가하려는 이러한 시도는 장차 더 많은 기업으로 확산되지 않을까요?

반대로 말하면 우리 지원자 역시 기업을 간판이나 이름값만으로 평가해서는 안 되겠지요. 기업의 선택을 받는 위치임과 동시에 기업을 선택하는 입장이기도 하다라는 인식이야

말로 성공의 비결일지도 모르겠네요.

그래서 저는 여러분께 이 한마디를 전하고자 합니다.

『심연을 들여다볼 때, 심연 또한 우리를 들여다본다.』(니체)

호오……. 언뜻 보기에는 뭔가 그럴싸한 내용을 써놨는데. 그나저나 니체가 한 말을 켄켄이 전하는 거냐고. 그냥 니체가 전해줬으면 했다만.

옆에 앉은 유키노시타도 흠흠 고개를 끄덕이며 글을 읽어 내려갔다. 반면에 유이가하마와 잇시키는 질린 기색으로 오만상을 찌푸렸다.

"글자가 너무 많아……."

유이가하마가 불쑥 내뱉었다. 야야, 너 그런 이유로 좌절했다간 코난은 못 읽는다고. 글자가 많아도 재미있는 건 재미있단 말이야!

그런 시답잖은 생각을 하는데, 누군가 짜증스러운 기색으로 내 어깨를 톡톡 건드렸다.

"왠지 짜증나네요, 이거……."

불만스러운 목소리로 말한 잇시키가 또다시 손끝으로 내 어깨를 두들겼다. 그래그래. 근데 나한테 화풀이하는 건 그만두자꾸나, 응?

다만 잇시키의 반응도 이해는 갔다. 실제로 이 글은 어딘가 거슬리는 구석이 있었다.

어째서 이토록 고자세인지는 의문이지만, 어쩌면 의식 있는 대학생은 다 이런 말투를 쓰는 건지도 모른다. 이런 인간들이 가득하다고 생각하니, 살짝 대학 가기가 싫어지는데…….

그보다 이 켄켄이란 작자, 초장부터 아주 기세등등하다. 이렇게 의욕이 넘치면 읽을 마음이 사라지는데. 이렇게까지 의욕 충만한 건 킨키키즈와 이시다 테루미[#8] 정도 아냐?

"프흠……. 그렇군, 대충 이해했다. 하지만, 다음으로 넘어가자!"

정말로 이해했는지 의심스럽지만, 일단 자이모쿠자의 말에 고개를 끄덕이고 다음 페이지를 클릭했다.

2. 필기시험

일반 상식 시험을 치르는 출판사가 많습니다만, 드물게 SPI를 보는 회사도 있습니다. 둘 다 시중에 문제집이 나와 있으니 미리 준비해두도록 합시다. 일반 기업이면 SPI는 필수입니다. 또한 경력직 채용이어도 SPI를 쳐야하는 경우가 있는 모양입니다. 대비해둬서 손해 볼 건 없겠지요. 개인적인 느낌이지만 S사와 K사는 폭넓은 채용을 위한 좋은 문

#8 킨키키즈와 이시다 테루미 가수 킨키키즈의 노래 「Kinki의 의욕 충만 송」과 아나운서 이시다 테루미가 진행한 라디오 방송 타이틀 「이시다 테루미의 의욕 충만!」을 말함.

제, K서점은 떨어뜨리는데 중점을 둔 나쁜 문제가 많았다는 인상을 받았습니다. K서점 지원자 분들은 부디 조심하시길!

태연한 척하지만 스멀스멀 배어나오는 K서점에 대한 원한……. 이 켄켄이란 양반, 보아하니 K서점 필기시험에 떨어졌나 보다.

"하지만, SPI란 무어냐. 스파이인가?"

머리 위에서 자이모쿠자의 목소리가 들려오자, 유이가하마가 대꾸했다.

"그거 무슨 잡지 아니야? 역시 출판사니까 읽어야 되나?"

"네가 말하는 건 『SPA!』겠지……."

『SPA!』 시험이라니 뭐냐고. 『둘이 먹다 하나가 죽어도 모르는 만두집 베스트 30@도쿄 신바시는?』 같은 문제라도 나오는 거냐. 다만 출판사 필기시험은 왠지 퀴즈왕처럼 잡다한 문제가 나올 것 같아 딱 잘라 부정하기 힘들다는 게 무섭다.

하지만 나 역시 SPI 시험에 대해서는 무지한 관계로 대답을 망설이는데, 유키노시타가 쓰윽 노트북 쪽으로 손을 뻗었다. 그리고 또다시 새 탭을 열고 SPI가 뭔지 조사하기 시작했다.

이윽고 찾던 내용을 발견한 유키노시타가 턱을 매만지며

흠흠 고개를 끄덕였다.

"SPI란 한마디로 적성검사를 말하는 모양이구나. 논리적 사고력과 계산 능력, 언어 능력을 평가하는 능력 테스트와 인성 검사를 통해 그 지원자의 역량을 가늠해보는 거라고나 할까?"

가운데손가락으로 안경을 쓱 추켜올리며 유키노시타가 요점만 간추려 설명해주었다. 그러나 유이가하마에게는 통하지 않았는지, 입을 헤 벌리고 듣기만 했다.

"어……. 아하, 심리테스트 비슷한 거야? 그거면 나두 알아!"

유이가하마가 밝은 목소리로 말하며 고개를 돌려 유키노시타 쪽을 보았다. 그러자 뭔가를 포기한 것처럼 유키노시타의 시선이 슬그머니 반대쪽을 향했다.

"……그래, 대강 그런 느낌이라고 생각하면 되지 않겠니?"

"아니, 전혀 다르다고 본다만."

"유키노시타 선배님, 설명을 포기하지 말아주세요……."

잇시키의 말에 유키노시타도 마음을 돌렸는지, 지그시 눈을 감고 머리를 굴리기 시작했다.

"그, 그래. 차근차근 설명하면 분명히 유이가하마도 알아들을 테니까. 유이가하마가 알아듣도록…… 유이가하마가 알아듣도록……."

중얼중얼 혼잣말을 하며 심각하게 고민하는 유키노시타

의 모습에 유이가하마의 어깨가 축 처졌다.

"유, 유키농의 친절이, 조금은 뼈아파……."

하긴 자기가 본 적 없는 시험을 설명하는 것도, 그 설명을 이해하는 것도 쉽지는 않겠지. 그것만큼은 실제로 경험해보지 않고서는 알 수 없는 노릇이다. 어차피 나중에 취업 전선에 뛰어들 때가 오면 싫어도 알아둬야 할 테고. 휴우, 취직이라니 생각만 해도 끔찍하구만…….

그래도 필기시험은 대비라도 할 수 있으니 그나마 양반이다.

취업 활동 최대의 난관은 바로 그 후에 도사리고 있는 「면접」이다.

자아, 과연 우리의 켄켄 씨는 그 시련을 어떻게 극복했을까. 어디 한번 솜씨를 보여 달라는 느낌으로 다음 항목을 읽어보기로 했다.

3. 1차 면접

집단 면접을 보는 경우도 있습니다.

K대 놈이 어찌나 설쳐대는지 짜증 나 죽을 뻔했다. 그 자식 때문에 떨어졌을 정도다. 평생 원망할 테다.

세 번째 항목은 그게 다였다. 갑자기 설명이 허술해졌는데, 켄켄. 근데 그런 것치고 원한은 꼼꼼하게 기록해놨는데, 켄켄.

부실하기 짝이 없는 내용에 자이모쿠자도 화면을 몇 번씩 구석구석 뜯어보았다.

"허어? 하지만, 설마 저게 끝인가?"

"그런가 본데. 다음으로 넘어간다."

정보가 겨우 저것뿐이어서야 별다른 느낌도 없다.

유키노시타를 비롯한 일동에게 양해를 구하고, 다음 페이지로 이동하려고 마우스를 움직여 링크를 딸깍 클릭했다.

4. 2차 면접

지원 동기를 밝혔을 때, "네에, 참 훌륭한 말씀이시네요^^" 라고 도발해댄 모 F사 놈. 아마 편집장쯤 되지 싶은데, 그놈은 죽어도 용서 못해.

이제는 아예 설명은 거의 없다시피 했고, 앙심만 가득했다.

점차 미궁으로 빠져드는 켄켄의 취직 체험담을 읽어 내려가다 보니, 저절로 메마른 웃음이 새어나오려 했다.

옆에서 유키노시타의 한숨 소리가 들려왔다.

"점점 구체적인 정보가 줄어드는구나."

"오히려 쓸데없는 부분이 구체적이 됐네요……."

잇시키도 황당하다는 듯 쓴웃음을 지었다.

두 사람의 평가대로 내용도 확연히 빈약해졌고, 어쩌면 켄켄 씨는 이쯤에서 살짝 좌절하고 만 건지도 모른다. 그걸 보는 나도 희미한 좌절감을 맛보았다. 취업이란 힘들구나…….

그래도 아직은 2차 면접. 체험기도 아직 끝나지 않은 모양이다.

읏차 힘차게 기지개를 켜서 기합을 넣고, 다음 단계로 넘어갔다.

5. 3차 면접

압박 면접. K사는 임원진이 열 명쯤 주르륵 앉아 있어서 죽는 줄 알았다. 어쩌면 스무 명 정도였는지도 모른다. 죽는 줄 알았다.

어느덧 복수심마저도 찾아볼 수 없었다. 처음에 보여준 기세는 어디로 갔는지, 이미 켄켄은 빈사 상태였다. 오히려 어떤 내용이든 이 글을 끝마치려 애쓴 그 정신력에 박수를 보내주고 싶은 심정이었다.

구태여 압박 면접이라고 표현한 걸로 보아 상당한 압박감을 느낀 거겠지. 저 짧은 문장 속에서도 하마터면 죽을 뻔했다는 공포와 절망감이 생생하게 전해져왔다.

우리는 그저 상상해볼 수밖에 없지만, 회사 임원진과 면접이라니 무진장 고달플 거 같다. 대표이사니 상무니 전무니 온갖 번듯한 직함을 단 중장년층 어르신들이 검은 양복

차림으로 줄줄이 앉아 있다니, 그거 거의 제레랑 동급 아냐? 임팩트가 강하다 못해서 써드 임팩트와 맞먹는 수준.

"뭔가 힘들어 보여……."

그렇게 중얼거리는 유이가하마의 목소리에는 연민과 비애가 가득했다. 이렇게 말하는 저도 지금 어쩐지 서글픈 기분입니다.

"아직 끝이 아닌 모양이구나……."

유키노시타가 조금 괴로운 기색으로 말했다. 그 음성은 듣기에 따라서는 이제 그만 보자고 설득하는 것처럼 느껴지기까지 했다.

하지만 여기까지 온 이상 끝까지 보는 게, 아니, 지켜보는 게 도리겠지. 떨리는 손으로 마우스를 조작해 마지막 항목을 클릭했다.

6. 최종 면접

최종은 단순한 의사 확인이니까 떨어질 리 없다고 뻥쳤던 매스연 놈들, 웃기지 마. 실제로 떨어지잖아.

체험기는 거기서 끝났다.

과연 켄켄은 어떻게 된 걸까. 그의 앞날을 생각하니 가슴이 미어졌다.

그런 느낌을 받은 사람은 나만이 아니었는지, 모두들 땅이 꺼지도록 깊은 한숨을 내쉬었다.

본의 아니게 누군가의 인생의 축소판을 엿보고 말았다는 꺼림칙함과 취업 전선의 가혹함을 목도하고 만 착잡함 같은 것도 작용했겠지.

하지만 무엇보다도 그야 이따위 체험기를 쓰는 인간하고는 같이 일하기 싫을 만도 하다는 공감대가 형성된 탓이 컸을 거다. 처음에는 신명나게 써재끼더니만 뒷부분은 죄다 원망과 푸념인걸…….

“저기…… 그보다 이 사람, 합격 못한 거 아니에요~?”

잇시키가 쭈뼛쭈뼛 말하자, 유이가하마도 화들짝 놀라며 화면을 다시 보았다.

“……진짜다! 성공 체험기라구 써놓구!”

“아, 그건 말이지. 이런 건 무조건 성공이라고 써놓고 보는 거야. 끌어당김의 법칙[#9]이랄까, 의식 있는 부류가 좋아하는 이미지 트레이닝 같은 거거든.”

“저 정도면 이미지 트레이닝이라기보다는 자기 계발의 범주에 속할 것 같은데…….”

유키노시타가 관자놀이에 손을 얹으며 말했다. 그야 뭐 구직 활동이란 어딘가 자기 계발과 닮은 구석이 있으니까……. 아까 인터넷 서핑을 하면서 대충 살펴본 바로는 자

#9 끌어당김의 법칙 자기계발서 「시크릿」에 나오는 개념으로, 생각하는 것이 곧 현실이 된다는 주장.

기 분석이니 자기 PR이니 향상심이니 하는 휘황찬란한 단어들이 즐비했다. 기업이 원하는 인재상이 그 어떤 어려움에도 굴하지 않는 긍정적이고 강인한 정신력의 소유자이다 보니 어쩔 수 없는 일인지도 모른다. 하지만 모두가 한결같이 밝은 인간성만을 어필하려고 드는 게 부자연스러움의 극치라 소름 끼친다.

이래서야 아무래도 제가 일할 만한 분야는 없을 것 같군요……. 노동 의욕 게이지가 팍팍 깎여나가는데, 내 앞에 서 있던 자이모쿠자가 소곤소곤 물었다.

"하치만, 매스연(マス研, 마스켄)이 뭐냐? 치바견(ちば犬, 치바켄) 같은 건가?"

"아니, 전혀 다르다만. 근데 너 치바견이 뭔지는 알고 묻는 거냐?"

치바견은 환경재생기금의 마스코트 캐릭터로, 치바 현의 윤곽을 강아지에 빗대어 도안화한 것이다. 이렇게 설명하면 치바 군과 캐릭터가 겹친다고 느껴질지 모르지만, 실제로는 놀랄 만큼 딴판이다. 치바견은 그 이름에 개 견자가 들어가는 것치고 개라는 느낌이 너무 없다. 오히려 개와 비슷한 신비의 동물을 표방하는 치바 군이 훨씬 개처럼 보인다. 하여간 치바의 센스란 어떻게 되먹은 거냐고. 반항의 록 스피릿이 폭발한다니까, 이 동네.

우리의 대화를 듣고 있던 유키노시타가 고개를 비스듬히

① 머지않아 자이모쿠자 요시테루도 할 수 있는 간단한 일이 아마도 발견된다.

꼬았다.

"글쎄, 아마도 매스컴 연구회의 줄임말이겠지."

"연구……. 실험이라든가, 뭔가 대단한 걸 할 거 같아."

유이가하마가 멍하니 천장을 올려다보며 중얼거렸다. 아마 연구라는 말에 이것저것 상상해보는 거겠지. 하지만 가하마 양 생각처럼 하얀 가운을 입고 플라스크와 비커를 흔드는 건 아닐걸!

다만 한마디로 연구라고 해봤자 구체적으로 뭘 하는 곳인지 감이 잡히지 않는 건 사실이다. 과학 기술이나 역사 쪽은 그래도 어렴풋이나마 상상이 간다. 하지만 매스컴을 연구하다니, 그저 아리송할 따름이다.

"……내친 김에 매스연에 대해서도 알아봐주랴?"

"으음, 좋을 대로 하라!"

자이모쿠자가 클라크 박사[#10]처럼 코트 자락을 펄럭이며 힘차게 동의해주었기에, 조속히 구글 선생님께 가르침을 청하기로 했다.

적당한 대학 이름 뒤에 매스연이란 단어를 추가한 다음 검색해보았다.

그러자 우와 쏟아지는구나 쏟아져, 의식 있는 발언의 홍수. 정장을 쫙 빼입고 찍은 사진이 들어간 자기소개에는 좌

#10 클라크 박사 홋카이도 대학 초대 부학장으로, 히츠지가오카 전망대에 코트 자락을 나부끼며 서 있는 동상이 있음. 「소년이여 야망을 가져라」란 말로 유명함.

우명과 열정적인 자기 어필, 그리고 친구들의 응원 멘트가 줄줄이 달려 있었다.

게다가 인도 여행에 후지산 등반, 심지어 취업 세미나 합숙에서의 바비큐 파티 사진까지. 대체 뭐하는 곳인지 종잡을 수가 없을 지경이었다.

차마 직시할 수가 없어 실눈을 뜨고 쭉 훑어보니, 대충 감이 잡혔다.

요컨대 TV 방송국과 신문사, 출판사 입사를 꿈꾸는 사람들이 모여 정보를 교환하거나 합격 비법을 공유하는 동아리인 듯했다.

"여, 여보게, 하치만. 설마 출판사에 들어가려면 이 매스연이라는 데 가입해야 하는 건가? 반드시? 정말로?"

홈페이지에 올라온 요란한 사진들을 본 자이모쿠자가 전전긍긍하며 물었다.

"글쎄다, 뭐 필수는 아니지 않겠냐? 오히려 이 꼬락서니로 봐서는 가입 안하는 편이 나을 것 같은 생각마저 든다만……."

그야 물론 매스컴 연구회나 광고 연구회를 표방하는 동아리 중에도 성실하게 활동하는 곳은 많을 테지.

그러나 그 의식 있는 느낌이 물씬 풍기는 명칭을 들을 때마다 자꾸만 카이힌 종합 고등학교 학생회장 타마나와 군의 얼굴이 아른거려 좀처럼 호감이 가지 않았다.

계속 사이트를 구경하는데, 마음에 걸리는 문장이 눈에

띄었다.

"……이거, 자이모쿠자는 애초에 들어가지도 못할 것 같다만."

"큿, 어째서냐?"

화면 한구석을 가리켰다. 그곳에는 입부 시험 요강이 나와 있었다. 일반 상식 필기시험과 부장 이하 일부 회원에 의한 면접을 실시한다는 내용이었다.

"아무래도 이 매스연이라는 데 들어가려면 필기시험과 면접을 거쳐야 하는 모양인데?"

해당되는 부분을 손가락으로 톡톡 짚어주자, 뒤에서 잇시키가 빼꼼 고개를 내밀고 화면을 쳐다보더니 흐음~ 하고 시큰둥한 목소리를 냈다.

"아, 그럼 안 되겠네요~."

"으음…… 하지만. 본관, 면접은 좀 껄끄러워서 말이다……."

"알아."

너무 잘 알아서 탈이라고……. 이러는 저도 면접에는 약하답니다. 한때는 식은 죽 먹기라는 아르바이트 면접에도 툭하면 떨어져서, 알바를 째는 건 약과고 면접 그 자체를 째버리기도 했더랬지.

반해버릴 만큼 글러먹은 내 과거의 행실을 돌이켜보는데, 등 뒤에서 팔을 쭉 뻗어 노트북을 조작하던 잇시키가 뭔가 납득한 기색으로 아하, 하고 중얼거렸다.

왜 그러냐고 시선으로 묻자, 잇시키가 가볍게 고개를 끄덕이며 말했다.

"반대로 유이 선배님은 한방에 붙지 않을까요?"

"응? 왜? 나 시험은 영 별루인데……."

난데없이 자기 이름이 언급되는 바람에 놀랐는지, 유이가하마가 의아한 목소리로 반문했다. 휘둥그레진 눈을 깜빡거리며 빤히 쳐다보자, 잇시키가 스크롤을 쭉 끌어내렸다.

"아, 그런 말이 아니라요. 여기 있는 사진을 보니까 자기들이랑 비슷한 타입 아니면 예쁜 사람을 뽑는 거 같고, 그럼 당연히 합격 아닐까 해서요."

"하긴."

유이가하마라면 필기는 몰라도 면접에서는 강할 거 같다. 저렇게 잘 나가고 놀기 좋아하는 녀석들하고도 큰 어려움 없이 어울릴 수 있을 테지.

잇시키의 설명에 고개를 끄덕이자, 그런 평가가 뜻밖이었는지 유이가하마가 희미하게 볼을 붉히고 당고머리를 만지작거리며 흘끔흘끔 이쪽을 곁눈질했다.

"지, 진짜루?"

"그래. 너라면 저런 짜증 나는 분위기에도 맞춰갈 수 있을 테니까."

"뭐야, 이유가 그거였어?! 괜히 좋아했잖아……."

유이가하마가 어깨를 축 늘어뜨리며 고개를 홱 돌렸다.

엇, 아뇨. 예쁘단 말을 부정하려는 건 절대로 아니고요. 유이가하마 양이라면 저런 식의 잘 나가는 대학생 놀음에 장단을 맞춰주는 것도 가능할 거라고 생각했을 뿐이라고 할까요, 네네. 하지만 글쎄요……. 저런 동아리 분위기에 휩쓸리는 것도 별로 바람직하지 않다고 봅니다만!

"아니 그 뭐냐, 외모도 평가 대상일 테지만 알맹이가 중요하다고나 할까……. 오히려 얼굴이나 분위기를 판단 기준으로 삼는 곳에는 들어가지 않는 편이 낫지 않겠냐? 아마도. 잘은 모르겠다만."

"웅? 우움, 그야 그렇지만. 우움……."

유이가하마는 여전히 뭔가 불만스러운 눈치였지만 결국 떨떠름하게 고개를 끄덕이고는 다시 나를 봐주었다. 상황의 전말을 지켜보던 잇시키가 어처구니없다는 듯 작은 목소리로 타박을 주었다.

"……선배님, 진짜 수습 못하시네요."

남이사. 나한테 그런 말주변이 있었으면 아르바이트 면접을 땡땡이쳤겠냐고.

"알맹이라……. 그렇게 치면 비슷한 가치관을 지닌 사람들끼리만 모이는 것도 문제가 있지 않겠니? 획일적이고 폐쇄된 독점 상태에서 성장을 기대하기는 어려울 것 같은데……?"

옆에서 듣고 있던 유키노시타가 흘끗 화면으로 시선을 향하더니, 차분한 목소리로 의문을 제기했다.

그러자 자이모쿠자가 손바닥을 탁 쳤다.

"……프흠, 그 말인즉슨 특정 초거대 출판사가 게임 잡지를 독점한 상태라, 타사에 판권이 있는 게임은 퍼블리셔를 구하기 힘들다는 이유로 게임화를 거절한 모 게임 회사 프로듀서가 거의 같은 시기에 또 다른 모 출판사 원작의 게임화에 선뜻 응했는데 그 게임이 대폭망…… 같은 거로군."

"비유가 너무 심오해서 하나도 못 알아듣겠고 아예 딴소리를 하는 것 같다만, 아마도 그런 거겠지."

하나도 못 알아듣겠다, 줄여서 하못알이라는 투로 적당히 대꾸하자, 자이모쿠자가 진지하기 그지없는 표정으로 고개를 끄덕였다.

"역시 그랬군! 인터넷에는 진실이 나와 있도다!"

정말이냐 인터넷 완전 끝내주는데. 대체 어떻게 하면 그런 정보가 나오는 거냐. 이 검색의 달인 같으니라고. 그나저나 요즘 시대에 검색 전문가는 수요가 있을 것 같은 느낌이 든다. 현대적인 재능이로군.

엉뚱한 부분에 감탄하는데, 어찌된 영문인지 자이모쿠자가 투지를 활활 불태우기 시작했다.

"……네 이노옴~! 본관의 재능이 재야에 묻힌 채 좀처럼 데뷔하지 못하는 것 역시 그 악의 제국, 특정 초거대 출판사가 시장을 독점한 탓이렷다!"

"그건 아냐."

됐으니까 넌 일단 쓰기나 해라, 응?

× × ×

한차례 가벼운 티타임을 가진 후, 우리는 다시 노트북 앞으로 모여들었다.

아까 살펴본 『100% 수석 합격! 켄켄의 출판사 취직 "성공" 체험기!!』는 별로 참고가 되지 않았기 때문에, 그 밖에도 쓸 만한 사이트를 몇 군데 더 찾아보기로 했다.

그중에서도 취업 사이트는 현직 종사자들의 코멘트나 기업의 모집 요강 등이 나와 있어 제법 도움이 되었다.

그러다가 불현듯 충격적인 사실을 깨닫고 말았다.

"대형 출판사, 경쟁률이 하늘을 찌르는구만……. 지원자는 수천 명인데, 채용 인원은 고작 열다섯 명 정도냐……."

"전체 응시자 수는 정식으로 발표되지 않으니 확실하게는 알 수 없지만, 대략 200:1에서 300:1 정도 되겠구나."

유키노시타가 어림잡아 계산한 경쟁률에 유이가하마가 감탄한 기색으로 중얼거렸다.

"후아~ 편집자란 거, 되기 힘들구나."

"게다가 이건 전체 채용 인원이니까, 배치될 부서를 감안하면 편집자가 될 수 있는 인원은 더욱 줄어들겠지."

유키노시타의 지적은 정확했다. 총무나 영업부로 발령 나는 사람도 있을 테고, 편집부에도 다양한 분야가 있다. 자이모쿠자가 꿈꾸는 라이트노벨 편집부에 배정되는 인원은 기껏해야 한두 명. 까딱하면 신입 사원이 배속되지 않을 가능성마저 있다.

"므, 므흠……. 그, 그읏……. 이래서야 차라리 라이트노벨 작가가 되는 게 편할 거 같지 않은가……."

"그럴지도 모르겠다만."

경쟁률만으로 따지면 가가가 문고에서 라이트노벨 작가로 데뷔하는 게 쉬울 것 같다. 우선 라이트노벨 작가는 면접도 없을 테고.

참고로 가가가 문고에서 라이트노벨 작가로 데뷔할 확률은 얼마나 되려나? 궁금해져서 노트북으로 손을 뻗는데, 누군가 뒤에서 내 손을 덥석 움켜잡았다.

"서, 선배님, 자, 잠깐만요."

나를 제지하는 잇시키의 목소리가 가늘게 떨렸다.

"뭐, 뭐야. 왜 그래?"

물어보자 잇시키가 손가락을 부들부들 떨며 필사적인 기색으로 노트북 화면을 가리켰다.

"이것 좀 보세요! 이거요!"

뭐냐고……. 그렇게 생각하며 잇시키가 가리키는 곳을 바라보니, 모 출판사 직원의 코멘트 소개와 직업 정보란이었

① 머지않아 자이모쿠자 요시테루도 할 수 있는 간단한 일이 아마도 발견된다.

다. 출신 대학교와 현재의 업무 내용, 주당 평균 근무 시간에 하루 스케줄 등이 나와 있었다. 그 내용을 순서대로 쭉 훑어 내려가던 내 시선이 한곳에 우뚝 못 박혔다.

"스물다섯에 연봉 천만 엔……?"

맙소사, 역시 대형 출판사는 끝내주는구만……. 대졸 신입 3년차에 그런 거액을 벌어들인단 말이야? 게다가 앞으로도 계속 월급이 오르는데다 매년 받는 거 아냐? 위너잖아…….

경악에 사로잡혀 부르르 떠는데, 뒤에서 후하후하 심호흡하는 소리가 들려왔다. 흘낏 뒤를 돌아보자, 왼손을 볼에 얹은 채 애교스러운 미소를 짓는 잇시키가 보였다.

"저요, 편집자랑 결혼할래요."

"엇, 잠깐 진정해, 기다려봐. 그보다 내가 편집자하고 결혼할 테다."

"너야말로 진정 좀 하렴……."

유키노시타가 어이없다는 기색으로 말하는 바람에 퍼뜩 정신이 들었다. 듣고 보니 확실히 냉정을 잃었는지도 모른다. 곰곰이 따져보니 천만이래 봤자 별 거 아니잖아? 내가 팔만(八万, 하치만)이니 내 125배다. 내가 125명이나 있으면 귀찮고 성가셔서 못 배길 테지. 뭐야, 천만이래 봤자 별 거 아니구만! 난 한 명이면 충분하고, 혼자라서 가치 있는 거라고!

수수께끼의 이론으로 자신을 설득하며 흠흠 고개를 끄덕이는데, 옆에서 유이가하마가 끙끙 신음하기 시작했다.

"편집자…… 편집자라…… 우움……."

"뭐가 됐든 목표가 있다는 사실 자체는 좋은 거 아닌가요~? 저도 아까까지는 목표를 향해 부단히 노력해왔고요."

"호오, 목표라……."

잇시키답지 않은 말이 마음에 걸려 진의를 추궁하고자 의심스러운 시선을 보냈다. 그러자 잇시키가 집게손가락을 살포시 턱에 얹더니, 깜찍하게 고개를 갸웃했다.

"그야 물론 몇 년간 적당히 일하다가 결혼 퇴사죠~."

"그 목표의 어디에 노력이라는 요소가 들어가는 거니……?"

나직하게 한숨을 흘리며 유키노시타가 묻자, 잇시키가 입술을 삐죽 내밀었다.

"하지만 전 공부에는 별로 소질이 없고, 특별히 하고 싶은 일도 없는걸요……?"

"이해해. 나두 그 패턴이거든……."

유이가하마가 힘없이 어깨를 늘어뜨리자, 둥글어진 그 등을 향해 잇시키가 그렇죠~? 하고 동의를 구했다. 그러다 뭔가 생각났는지, 휙 고개를 들고 유키노시타를 돌아보았다.

"아, 하지만 유키노시타 선배님은 능력 있는 커리어우먼이 되실 거 같아요."

뜬금없는 지목에 유키노시타가 눈을 깜빡였다.

"나는……."

본인이 화제에 오를 줄은 몰랐는지, 유키노시타는 말문이 막힌 눈치였다. 달싹이던 입술이 무언가를 말하려다 도로 닫혔다.

가만히 눈을 내리깔자, 기다란 속눈썹이 아래쪽을 향했다. 그러자 머리카락이 사르륵 흘러내리며 가냘픈 목덜미가 얼핏 드러나, 그 새하얀 살결에 놀란 나머지 무심코 숨을 죽이고 말았다.

다소곳이 치마 위에 올려놓은 손이 보일락 말락 움직이더니, 손끝을 살짝 말아 쥐었다.

"글쎄, 예전에는 그렇게 생각했지만…… 지금은, 아직 모르겠어."

고개를 들고 그렇게 말한 유키노시타가 부끄러운 듯 미소지었다.

"하긴 그렇죠~. 아직 먼 미래의 일이니까요."

잇시키가 가벼운 말투로 대꾸했지만, 아무도 반응을 보이지 않았다.

아마 나도, 그리고 유이가하마도 다른 데 정신이 팔려 있었던 거겠지.

유키노시타의 대답이 조금 뜻밖이었으니까.

자신의 장래를 명확히 밝힐 수 있는 고등학생은 결코 많지 않다. 그런데도 그저 막연하게, 유키노시타는 자신의 장래를 정해뒀을 거라고 여겼다. 어쩌면 멋대로 그런 환상을 강요하는 것에 불과한지도 모르지만, 그럼에도 기묘한 위화감이 가슴속에서 꿈틀거렸다.

책상에 턱을 괸 채 멍하니 유키노시타를 곁눈질하는데, 시선을 느낀 유키노시타가 의아한 표정으로 고개를 갸웃하며 나를 보았다.

그 의구심 어린 눈빛에 살짝 고개를 저어 아무것도 아니라는 뜻을 전했다. 그러자 유키노시타도 가볍게 턱을 당겨 수긍했다.

……하긴 유키노시타도 아직 고등학교 2학년이다. 장래를 결정하지 못했다 해도 이상할 건 없다. 오히려 불확실하기에 언급을 꺼리는 거라면 납득이 간다.

그렇게 판단하고 위화감을 눌러 삼킨 후, 다시 시선을 앞으로 돌렸다.

그러자 정면에서 팔짱을 낀 채 신음하던 자이모쿠자와 눈이 마주쳤다.

"하치만은 어떠한가."

"엉? 나?"

"힛키한테는 물어봐두 소용없을 텐데……."

유이가하마가 싸늘한 눈초리를 보내왔기에 마주 고개를 끄덕여보였다.

"그래, 기본은 전업주부다만."

"역시나……."

"너는 기본의 의미를 정확하게 알아두는 게 좋겠구나……."

유이가하마가 한숨을 내쉬며 고개를 떨구었고, 유키노시타는 지그시 눈을 감고 관자놀이에 손을 얹었다. 그러자 잇시키가 내 어깨를 톡톡 쳤다. 뒤돌아보자, 잇시키가 눈을 반짝반짝 빛내며 비밀스러운 이야기라도 하는 것처럼 입가에 손을 대고 소곤소곤 귓속말을 건넸다.

"선배님, 편집자 강추에요, 편집자."

"안 해, 일 안해, 취직 안 해."

은은하게 풍겨오는 안나수이의 향기와 귓가를 간질이는 숨결을 피하려고 몸을 꼬며 그렇게 응수했다.

"뭣보다 편집자란 게 마음대로 될 수 있는 게 아니잖아. 물론 지금부터 꾸준히 노력한다면 가능할지도 모르겠다만."

"으음, 지금부터 몇 년씩이나 노력해야 한단 말인가……. 고역이로고……."

푸오~ 하고 낮게 신음하며 머리를 쥐어뜯던 자이모쿠자가 쿠오옷 눈을 부릅뜨고 우렁차게 포효했다.

"……역시 라이트노벨 작가가 제일 만만하군! 역시 라이트노벨 작가가 넘버 원! 자, 하치만. 지금 이러고 있을 때가 아니다! 한시 빨리 신작에 착수해야 하거늘!"

말이 끝나기가 무섭게 자이모쿠자가 부실 문을 향해 질주했다. 그러다 그 앞에서 우뚝 멈춰서더니 빙글 몸을 돌려 이쪽을 보았다.

"하치만~! 얼른 와, 얼른!"

그 자리에서 폴짝폴짝 뛰며 나를 향해 손짓하는 그 모습은 아무리 봐도 그저 훌륭한 변태로밖에 보이지 않지만, 저렇게까지 들뜬 표정을 지으면 왠지 마음이 흐뭇해지니 신기한 노릇이다.

"가보지 그러니?"

"그러게."

유키노시타와 유이가하마가 쓴웃음을 머금으며 말했다.

"……뭐, 내 담당 안건이니까."

미련을 떨쳐버리려고 일부러 소리 내어 말하고는 몸을 일으켰다.

그러는 사이에도 이로하스는 노트북을 탁탁 두들기며 뭔가를 조사하느라 여념이 없었다.

"무가지란 거요, 만들기 쉬운가요~?"

너 자이모쿠자한테 너무 무심한 거 아니냐…….

× × ×

창가 자리에서 바라본 하늘은 구름 한 점 없이 파랬다.

하지만 이상하게도 온기는 느껴지지 않았고, 화창한데도 어딘가 스산한 인상을 풍겼다. 그건 어쩌면 이 적막한 도서관 분위기 때문인지도 모른다.

방과 후의 도서관에는 우리 말고는 이용자가 없어서 쥐죽은 듯 고요했다. 대출 카운터 안쪽에는 담당자가 있겠지만, 나와 보려는 기미는 없었다.

내 대각선 맞은편에 앉은 자이모쿠자는 방금 전까지만 해도 샤프로 노트에 뭔가를 끄적끄적 쓰고 있었지만, 그 소리도 어느새 멎어버렸다.

의욕이 바닥난 건지 아니면 아이디어가 바닥난 건지는 알 수 없지만, 한동안 멀뚱하게 앉아 있던 자이모쿠자가 불쑥 입을 열었다.

"프흠, 역시 라이트노벨 작가가 되어봤자 소용없는 거 아닌가? ……성우하고 결혼할 수도 없으니."

"야야, 성우와 결혼하는 게 필수 조건이면 대부분의 직업은 아웃이잖아……. 편집자도 마찬가지라고."

"그런가. 라이트노벨 작가도 안 되고, 편집자도 무리란 말이지……."

한동안 끙끙대며 고민하던 자이모쿠자가 눈을 빛내더니 번뜩~! 하고 괴성을 지르며 자리를 박차고 일어섰다.

"영감이 떠올랐다! 허면 대세는 감독인가! 애니메이션을 만드는 거다! 돈돈 도너츠 힘차게 나가자!"

조용한 도서관에 자이모쿠자의 목소리가 쩌렁쩌렁하게 울려 퍼졌다. 그 잔향이 사그라지자, 피식 쓴웃음이 새어 나왔다.

"……그래, 뭐, 네가 행복하다면 그걸로 됐다만."

내 말에 자이모쿠자가 눈을 껌뻑였다.

"읏, 그 전 남친 같은 대사는 뭐냐……. 어, 어이, 그러지 마라. 그런 관계는, 아, 아니잖나……."

"얼굴 붉히고 동요하지 말라고 징그럽게스리. 어이없어하는 거야, 멍청아. 됐으니까 얼른 쓰기나 해. 집에 갈 수가 없잖아."

"읏, 그랬지. ……하는 수 없군. 써볼까."

신 나서 떠들어대던 기세는 어디로 갔는지, 자이모쿠자는 완전히 의기소침해져서 꾸물꾸물 어깨를 움츠리고 노트에 깔짝깔짝 뭔가를 써내려가기 시작했다. 호오, 그래도 아직 라이트노벨을 쓸 마음은 있나 본데. 의외인걸.

성장한 구석이라곤 없어 보이는 자이모쿠자조차도 조금씩 변해간다. 딴길 곁길 샛길 온갖 길을 거치며 골인 지점을 향해 나아간다. 물론 자이모쿠자의 경우, 성우와의 결혼을 골인 지점으로 삼았다는 점에서 이미 글러먹었지만.

그래도 한 글자 한 글자 한 문장 한 문장 써나가다 보면 언젠가 하나의 작품이 완성되듯, 하루하루를 쌓아나가다 보면 이윽고 둥지를 떠나야 할 때가 찾아온다.

고등학교를 졸업할 때까지 앞으로 1년. 그 후 무사히 대학에 진학해 별 탈 없이 졸업한다고 가정하면 사회로 나가기까지는 앞으로 5년.

5년.

그것은 터무니없이 긴 시간처럼 느껴지기도 하지만, 눈 깜짝할 사이처럼 느껴지기도 한다. 성장함에 따라 1년이란 시간은 점점 짧아져갈 테지. 아마 지금의 1년과 내년 이후의 1년은 같은 길이가 아닐 것이다.

길이뿐만 아니라 그 가치도 분명 다르다.

어쩌면 이런 하릴없는, 그저 스산하기만 한 하늘을 올려다보는 시간조차도 무언가 가치가 있을지 모른다.

그러니 지금은 잠시 이 삭막하고 아름다운 겨울 하늘을 바라보기로 하자.

I wanna be...

2

분명 잇시키 이로하는 설탕과 향신료와 근사한 무언가로 이루어져 있다.

히터에서 딱딱거리는 소리가 들려온다.

부실에 설치된 히터는 연식이 제법 되는 편이라, 장시간 틀어놓으면 어딘가 이상이 생기는 모양이다. 팬이 걸리는 걸까 모터에 문제가 있는 걸까, 아니면 플레임이 뒤틀리기라도 한 걸까.

수업이 끝나고 해질녘이 되면, 봉사부의 히터 양은 활동 한계 시간을 알려주듯 아주 작은 소음을 내기 시작한다.

그래도 독서에 열중하거나 재잘재잘 잡담하는 소리가 들려올 때는 크게 거슬리지 않는다. 그러다 문득 정적이 찾아드는 순간, 그 존재를 인식하게 된다.

시선을 떨구고 문고본을 읽던 유키노시타가 페이지를 넘기던 손을 멈추더니, 창가에 놓인 히터를 응시했다. 아무래도 같은 소리가 신경 쓰였던 모양이다.

"……오늘은 왠지 조용하구나."

"응, 뭔가 차분해지는 느낌이야."

휴대폰을 만지작거리던 유이가하마가 머그컵으로 손을 뻗었다. 나도 덩달아 찻종지를 집어 들고 미지근해진 홍차를 꿀꺽꿀꺽 들이켰다.

둘이서 후우 만족스러운 한숨을 짓자, 조용한 공간에 또다시 딱딱거리는 소리가 들려오기 시작했다. 그러자 유이가하마도 신경이 쓰이는지, 히터 쪽을 흘끗 곁눈질했다.

요즘 들어 잇시키가 툭하면 부실에 얼굴을 내민 탓에, 히터에서 나는 소음을 잘 인식하지 못했는지도 모른다.

딱히 잇시키가 유난히 시끄럽다거나 소란스럽다거나 호들갑스럽다거나 수다스럽다는 말은 아니고, 없으면 없는 대로 다른 부분에 생각이 미친다는 뜻일 뿐이다. 무엇보다도 잇시키가 봉사부실을 찾아올 때는 골치 아픈 안건을 들고 오는 경우도 많아서, 자연스럽게 어수선한 분위기가 된다.

그러다 보니 이렇게 평화로운 시간을 보내는 건 오랜만이었다.

따뜻한 홍차와 맛있는 간식을 먹으며 책을 읽고, 차분한 음성과 활기찬 목소리의 하모니에 귀 기울이다 이따금 그 대화에 참여한다.

방문객도 없고 일감도 없다. 있는 거라곤 한가로운 분위기뿐. 익숙해지면 대수로울 것 없는 단순한 일상에 불과하지만, 그래도 오랜만에 맛보는 이런 시간은 각별했다. 덕분에 히터가 내는 소음도 늦은 오후의 낙숫물 소리처럼 어딘가 운치 있는 느낌을 주었다.

책을 덮고 히터 소리에 귀 기울이며, 창문 쪽으로 시선을 돌렸다.

저녁노을이 드리운 하늘을 멀거니 바라보는데, 유키노시타가 입을 열었다.

"오늘은 이쯤에서 마치도록 할까?"

"응. 더 올 사람두 없을 거 같구."

그렇게 대답한 유이가하마가 "마지막 쿠키, 내 꺼!" 라고 작은 소리로 알리고는, 먹다 남은 주전부리를 치우기 시작했다.

나와 유키노시타도 서둘러 귀가할 채비를 마치고 문단속을 했다. 창문이 잠겼는지 살펴보는 김에 히터 스위치로 손을 뻗었다.

"수고했다."

그렇게 말하며 전원을 끄자 딱딱거리는 소리도 그쳤다. 당분간 추위가 계속될 테니, 조만간 히라츠카 선생님께 말씀드리고 점검을 받아보는 편이 나을지도 모르겠다.

세 사람 모두 코트와 머플러로 중무장하고 복도로 나왔다. 유키노시타가 부실 문을 잠갔다.

이것으로 금일 영업 종료다.

일이 끝났으면 얼른 집으로 돌아가는 게 도리다. 부실을 뒤로하고 특별관 복도를 걷는데, 유이가하마가 부르르 몸을

② 분명 잇시키 이로하는 설탕과 향신료와 근사한 무언가로 이루어져 있다.

떨더니 코트 앞자락을 여몄다.

"……추워! 복도 추워!"

인적 없는 복도는 가만있어도 추웠다. 발밑에서부터 냉기가 스멀스멀 기어 올라오는 느낌이었다. 나도 목도리를 단단히 여몄다.

"부실이 따뜻해서 그만큼 더 춥게 느껴지는 거 아니냐?"

"복도는 난방을 하지 않으니까."

그러니까 포기하라는 말을 돌려서 하듯 유키노시타가 성큼성큼 걸음을 옮겼다. 그 옆에서 나란히 걷는 유이가하마는 머플러를 조물락거리며 뭔가 생각에 잠긴 눈치였다.

"우움……. 아, 맞다!"

탄성을 지르더니 와락 끌어안듯 유키노시타와 팔짱을 꼈다.

"이럼 따뜻할지두!"

"자, 잠깐, 유이가하마."

유키노시타의 몸은 휘청거렸고, 목소리 톤도 약간 뾰족했다. 시선에서도 항의의 뜻이 묻어났다. 그러나 유이가하마의 흐뭇한 표정을 보더니, 체념한 기색으로 한숨을 쉬었다.

"……아이, 따뜻해~."

"걷기 힘들어……."

실제 기온에는 별다른 변화가 없을 테지만, 체감 온도는 확연히 달라진 모양이다. 왜냐하면 아옹다옹하는 두 사람을 지켜보기만 했을 뿐인데, 저도 어쩐지 가슴이 훈훈해졌거든요!

유키노시타가 교무실에 열쇠를 반납한 후에도 유이가하마는 그 옆에 찰싹 달라붙어 떨어질 줄 몰랐다.

한 덩어리로 뒤엉켜 걸어가는 두 사람을 따라 현관으로 이어지는 복도를 가로지르는데, 그 길목에 있는 학생회실에서 낯익은 얼굴이 나타났다.

"웅? 이로하잖아? 야헬롱~!"

오른손으로는 유키노시타와 팔짱을 낀 채 유이가하마가 살짝 왼손을 흔들어 보이자, 우리를 발견한 잇시키가 허둥지둥 이쪽으로 뛰어왔다.

"앗, 안녕하세요~. 아직 학교에 계셔서 다행이에요~."

"이제 돌아가려던 참이지만."

유키노시타가 여전히 유이가하마에게 반쯤 끌어안긴 자세로 말했다. 모르는 사람이 봤다간 뭐야, 이 끈적한 애정행각은……? 하고 식겁해도 이상하지 않을 모양새지만, 과연 잇시키다. 익숙해진 탓도 있어서인지, 별로 동요하는 기색도 없이 평소처럼 태연하게 대답했다.

"저도 이것저것 막 끝난 참이라, 잠깐 들렀다 갈까 했거든요~."

"무슨 볼일이라도 있었냐?"

"네, 맞아요~."

고개를 끄덕인 잇시키는 유키노시타 일행이 신경 쓰이는지, 나를 향해 까닥까닥 손짓하더니 목소리를 낮추고 물었다.

"선배님, 잠깐 시간 좀 내주실래요~?"

"엉? 그래…… 그러면……."

먼저 가라는 뜻으로 유키노시타와 유이가하마 쪽을 돌아보자, 두 사람이 고개를 끄덕였다. 그 후 소맷자락을 붙들려 잇시키가 이끄는 대로 복도 끄트머리의 창가로 이동했다.

하늘에는 어스름이 깔렸고, 유리창을 두드리는 바람은 시리도록 차가워 보였다. 그 창문을 등지고 선 잇시키가 조심스럽게 운을 뗐다.

"있죠, 선배님. 지난번에 부탁한 일 말인데요, 어떻게 돼가요? 그거, 슬슬 마무리 짓고 싶은데요……."

"어, 그래. 해놓을게. 어떻게든 해보마."

일이란 말이 나오자마자 거의 반사적으로 사축 특유의 의욕 하나만은 가득해 보이는 대답을 하고 말았다. 퇴근하려는데 일감 던져주지 말라고. 봉사부의 금일 영업은 종료됐단 말이다. 일 이야기라면 다음에 따로 날을 잡아서 하던가 하라고. 추워 죽겠다고, 얼른 집에 가고 싶다고.

아무렇게나 둘러대고 발길을 돌리려는데, 뒤에서 잇시키의 목소리가 들려왔다.

"알겠어요. 그럼 내일 열 시에 치바역에서 보는 걸로 하면 될까요~?"

"엉? 내일?"

엉겁결에 뒤돌아보며 되묻고 말았다.

내일은 쉬는 날이다. 우리 집은 완전 주 5일제를 채택했다. 고로 쉰다면 쉬는 거다. 문제는 봉사부가 주 5일제라는 점이다. 완전 주 5일제와 그냥 주 5일제는 별개란 말이지.[#11] 유용한 토막 상식이라고. 요컨대 봉사부의 경우, 일하는데 필요하면 주말 근무도 불사하는 분위기다. 그거, 곰곰이 생각해보면 그냥 주 5일제조차도 아니잖아. 뭐냐고, 이 악덕 동아리…….

"엇 그게, 내일은 좀……."

휴일을 사수하고자 적당한 핑계를 대자, 잇시키가 집게손가락을 턱에 대고 고개를 갸웃했다.

"하지만 내일 한가하잖아요~?"

"네가 한가한지 아닌지 내가 알 게 뭐냐……."

매번 생각하는 거지만, 잇시키는 왜 내가 알 거란 전제 하에 이야기를 진행시키는 거지? 네 스케줄 따위 모른다고. 뭐든지 아는 건 아냐. 아는 것만.

그러자 잇시키가 영악하게 토라진 척 볼을 부풀렸다.

"저 말고 선배님요."

#11 완전 5일제와 그냥 주 5일제 일본의 근무 제도에는 우리가 흔히 말하는 주 5일제인 「완전 주휴 2일제」와 매달 한 번 주 2일 휴무를 보장하는 「주휴 2일제」가 있음.

“아, 나……. 아니, 내 이야기라고 해도 이상하잖아. 그야 물론 한가하긴 하다만…….”

“그렇죠? 그럼 내일 뵈어요~. 선배님의 능력, 기대할게요! 그럼 안녕히 가세요~.”

“그, 그래…….”

생긋 웃으며 대화를 매듭지은 잇시키가 바이바이~ 하고 손을 흔들었다. 꺄아 난 몰라, 이로하스의 미소 너무 근사하잖아! 거부는커녕 질문이나 확인도 용납하지 않겠다는 표정인걸!

망했다, 내가 뭔가 약속을 했던가……? 일이란 말로 봐서는 아마 잇시키한테 뭔가 부탁받은 걸텐데……. 망했다, 전혀 짚이는 데가 없다고…….

잇시키의 미소에 떠밀리는 모양새로 다시 현관 쪽으로 걸음을 옮겼다.

몇 발짝 가다가 흘끗 뒤돌아봤지만, 잇시키는 여전히 생글생글 웃으면서 손을 흔들어 보일 뿐이었다.

하긴 내가 누구인가. 아까처럼 임시방편으로 넘기려다 얼렁뚱땅 약속을 해버렸을 가능성도 배제할 수 없다. 심지어 그것 말고는 가능성이 없다시피 하다. 문제는 그 내용인데…….

하지만 아무리 애를 써도 생각이 안 나 목도리에 얼굴을 묻고 푸푸 거친 숨결을 내뿜으며 열심히 머리를 굴려봤지만, 도무지 떠오르는 게 없었다.

고개를 비스듬히 꼬며 현관으로 가자, 그 앞에서 도란도란 이야기를 나누는 유키노시타와 유이가하마의 모습이 눈에 들어왔다. 아무래도 나를 기다려준 눈치였다.

"어, 미안하다. 그냥 먼저 가도 상관없었는데……."

말을 걸자, 유이가하마가 몸을 홱 돌려 나를 보았다. 그 바람에 여태껏 팔짱을 끼고 있던 유키노시타까지 질질 끌려왔다. 뭐랄까, 산책하는데 마구 빨빨거리며 돌아다니는 실내견과 그 주인을 보는 기분인데.

"아, 기다리려구 했던 건 아니구, 유키농이랑 얘기하다 보니까 그냥 자연스럽게…… 그치?"

"……맞아."

유이가하마가 동의를 구하자, 유키노시타가 고개를 홱 돌려버렸다. 그 반응이 꼭 사람 품에 안기는 걸 싫어하는 고양이 같았다.

"그래. 으음, 그 뭐냐…… 땡큐."

고마움을 표시하자, 두 사람 다 가볍게 고개를 저었다. 지극히 평범한 반응일 뿐인데도 그 모습을 보니 어쩐지 낯간지러워져, 로퍼를 대충 구겨 신고 그대로 걸음을 재촉했다.

바깥으로 나오니 주위는 이미 어둑어둑했다. 입춘이 가깝다지만, 해가 길어지기에는 아직 조금 더 시간이 필요할 모양이다.

현관을 벗어나 교문 쪽으로 향하는데, 유이가하마가 내

옆으로 다가와서 물었다.

"이로하가 뭐래?"

"글쎄, 잘 모르겠어……. 뭔가 일 같긴 한데, 잘 모르겠어……."

"전혀 알아들을 수 없는 설명이구나……."

한 발 늦게 따라 나온 유키노시타가 실소를 머금으며 말했다.

하지만 자고로 일을 시킬 때는 원래 자세한 설명을 해주지 않는 법이다. 실제로 여태까지의 봉사부 활동도 거의 맨땅에 헤딩하는 식이었고……. 뭣보다 사전에 정보를 제공해줬더라면 다소 편해졌을 법한 사태도 겪어본 바 있다. 그래, 역시 보고와 연락과 상의는 중요하군.

그 말은 곧 보고와 연락, 상의만 해두면 업무 자체는 안 해도 된다는 소리다. 만약 높으신 분들이 추궁하면 「보고와 연락과 상의는 꼬박꼬박 했잖습니까!」라고 방귀 낀 놈이 성내는 식으로 책임을 면할 수 있을지도 모르고!

내일도 그런 느낌으로 느물느물 헤쳐 나가자고!

× × ×

화창한 겨울 주말. 치바역 앞은 사람들로 북적였다.

아마 도쿄 시내보다야 훨씬 나을 테지만, 그래도 주말에는 웬만하면 바깥출입을 하지 않는 내게는 충분하고도 남을 만큼 혼잡했다.

거리를 오가는 행인들을 곁눈질하며 시계를 보니 10시 5분이었다.

약속한 시간이 지났는데도 잇시키의 모습은 보이지 않았다. 잇시키에게 확인해보려 해도, 공교롭게도 연락처를 모른다.

역 앞에서 보자고 했으니 십중팔구 이곳 동쪽 출입구를 가리키는 걸 테지만, 혹시 반대편 서쪽 출입구를 말한 걸까나……? 아니지, 어쩌면 케이세이선 치바역 이야기였을 가능성도 있다. 왜냐하면 케이세이선 치바역의 옛 역명은 국철 치바역 앞 역이라는, 무진장 헷갈리는 이름이었으니까……. 그뿐만 아니라 정통 치바역 이외에도 니시치바, 히가시치바에 혼치바, 치바 미나토, 치바 공원, 치바 중앙, 심지어 치바 뉴타운에 이르기까지 이름에 치바가 붙는 역은 수두룩한데다 노선도 다양하다. 치바 초보에게는 넘기 힘든 장벽인지도 모른다.

치바 사람이 치바에 간다고 하면 보통 치바역 인근을 지칭하지만, 타지 사람으로서는 공감하기 힘들지도 모른다. 예컨대 홋카이도 사람이 홋카이도에 간다고 하면 무슨 헛소리냐고 생각할 테고, 도쿄 사람이 도쿄에 간다고 하면 어쩐지 꿈을 좇아 거물이 되어버릴 것 같은 느낌이 든다.

그러니 치바에서 역 앞이라고 하면 여기가 맞을 텐데……

라고 생각하며 추위를 달래고자 발을 구르며 기다리다가, 문득 인파 속에서 잇시키를 발견했다.

앞섶을 꼭꼭 여며 입은 베이지색 코트에 복슬복슬한 털 목도리. 플리츠스커트의 기장은 짧은 편이지만, 부츠를 챙겨 신은 덕분에 추워 보이지는 않았다. 조금 높은 구두 굽이 또각또각 바닥을 울렸다.

잇시키도 나를 발견했는지 부랴부랴 이쪽으로 다가왔다. 머플러를 고쳐 매고 앞머리를 매만지더니, 한숨 돌리고서 휙 고개를 들었다.

"죄송해요, 많이 기다리셨죠? 준비하는데 좀 시간이 걸려서……."

"그래, 기다리다 지쳤다."

이로하스, 늦었잖아~. 타박을 주자, 잇시키가 토라진 기색으로 입을 삐죽거렸다.

"그러니까 이럴 때는 나도 방금 왔다고 대답해야 되는 거 아닌가요……? 이제부터 데이트할 거잖아요."

"……데이트?"

생소한 용어인걸……? 맞다, 난폭한 정령을 진정시키고자 홀딱 빠지게 만들어 여차저차하기 위한 의식이었던가……? 그러다가 마지막은 배틀! 같은. 아냐, 배틀은 아니겠지. 일반적인 기준에서 데이트라 하면 남녀가 함께 놀러가는 뭐 그런 걸 말한다.

그나저나 왜 뜬금없이 잇시키하고 놀러가게 된 거람……?
그런 의문이 얼굴에 드러났는지, 잇시키가 못 말리겠다는 표정으로 두 손을 허리에 얹고 나식하게 한숨을 쉬었다.

"제가 전에 데이트 코스를 생각해두라고 말씀드렸잖아요~?"

"……아하."

그러고 보니 지난달에 그런 이야기가 나왔었지. 설마 진심으로 한 소리였던 거냐, 저 녀석. 확실히 그때 생각해보겠다고 건성으로 대답했던 기억이 난다. 경솔했다! 언질을 줘버리다니!

"그럼 처음부터 그렇게 말했으면 될 거 아냐. 나도 이것저것 준비할 게…… 안 그래?"

예컨대 억지로 스케줄을 끼워 넣어 거절한다든가, 약속을 잡지 않고 평생 뒤로 미룬다든가, 아니면 만나기로 한 날 느닷없이 배탈이 난다든가, 이것저것 손 써볼 여지는 있었다. 하긴 설령 먼저 말해줬다 한들 결과는 마찬가지였을 테지만. 오래 전부터 잡혀 있던 가슴 설레는 일정도 막상 당일이 되면 「역시 가기 귀찮구만…….」으로 귀결되고 마는 기현상은 왜 일어나는 걸까요.

이의를 제기하며 저항을 시도했지만 별 효과가 없었는지, 잇시키의 태도는 여전했다.

"하지만 선배님, 그냥 불러내면 절대 안 오실 거잖아요?"

"……하긴."

제법인데, 이 녀석. 히키가야 검정 3급 정도는 따낼 만한 이해도다.

어쨌든 언질을 주어버린 건 내 불찰이다. 이제 와서 핑계를 대본들 그럼 그냥 집에 가자는 분위기로 흘러갈 리 만무하다. 내가 생각 없이 수락한 것도 이 상황을 초래하는데 일조한 셈이고. 여기서 나 몰라라 하는 건 무책임한 처사다.

그렇다면 후딱 끝내고 신속히 귀가하는 게 상책이겠지.

"그럼 갈까?"

"네, 그래요."

동의한 잇시키가 그제야 미소를 지었다.

"이제 어디로 갈 거냐?"

물어본 순간, 잇시키의 미소가 흐려졌다. 그리고 땅이 꺼져라 한숨을 쉬더니, 못마땅한 기색으로 입을 삐죽 내밀었다.

"대뜸 남한테 떠맡기기에요……? 선배님이 주도하실 줄 알았는데요……."

"난 혼자 움직일 때는 설레는 마음으로 면밀한 계획을 짜지만, 다른 사람과 함께 다닐 때는 기본적으로 뒤따라가는 스타일이라고."

"이제 됐어요……. 걸으면서 생각하자고요! 여긴 추우니까요."

잇시키는 체념한 기색으로 어깨를 늘어뜨렸지만, 이내 마음을 다잡았는지 머플러를 단단히 여미더니 또각또각 힐을 울리며 걸음을 옮겼다. 흠흠, 좋아. 이로하스도 내 페이스에 적응한 모양이로군.

그보다 그 추운 곳에서 멀뚱히 서서 기다리게 만든 사람은 대체 어디의 누구신지요……?

× × ×

역 앞에서 중앙 번화가로 이어지는 긴 대로변을 걸었다.

이 근방은 음식점을 비롯해 각종 오락 시설과 상업 시설이 즐비한 치바의 메인 스트리트로, 주말이면 수많은 사람들이 오간다. 평일에도 저녁때는 학생들이 자주 들락거리는 편이며, 나에게도 친숙한 장소다.

이대로 직진하면 영화관과 서점, 오락실 등의 즐길거리가 집중된, 내가 곧잘 들리곤 하는 구역으로 접어든다.

거기서 다시 왼쪽으로 가면 파르코 같은 쇼핑몰도 있어, 이 근처를 쏘다니다 보면 자연스레 거쳐 가게 되는 길이다. 비슷한 생각을 하는 사람들이 많아서인지, 오늘도 넘쳐나는 행락객들로 몸살을 앓는 중이었다.

자주 다녀서 익숙한 길이라도 여자와 함께 있으면 아무래도 느낌이 다르다. 나란히 걷는 게 보통일 테지만 무의식중에 걸음을 재촉하게 되어, 자칫하면 잇시키를 떼놓고 가버릴 것만 같았다. 가볍게 숨을 골라 마음을 가라앉히고, 보조를 늦추려고 애쓰며 잇시키보다 반 발짝 앞서 걸음을 옮겼다.

밀려드는 인파를 헤치며 나아가는데, 뒤따라오던 잇시키의 발소리가 조금 빨라지나 싶더니 내 옆으로 다가왔다. 그리고는 상체를 살짝 젖히고 눈만 들어 내 얼굴을 올려다보았다.

"선배님, 평소에는 어딜 주로 가세요?"

"집."

"다시."

"어, 어어……."

평소보다 훨씬 날 선 음성으로 응수한 잇시키가 가느다란 눈초리로 나를 힐끗 째려보았다. 우엥, 이로하 무서워. 잇시키의 조용한 기백에 눌려 흠흠 헛기침을 하고 착실하게 대답했다.

"대개 도서관이나 서점에 간다만. 얼마든지 시간을 죽일 수 있는데다 재미도 있으니까."

"도서관 데이트……."

고개를 갸웃하며 중얼거린 잇시키의 시선이 허공을 향했다. 그 상태로 한동안 곰곰이 생각해보는 기색이더니, 이윽고 꾸벅 고개를 숙였다.

"죄송해요. 그런 지적인 코스는 하야마 선배님이랑 어울릴 것 같으니까요, 선배님은 좀 더 정크한 방향으로 부탁드려요."

호오, 요놈 봐라……? 저도 성적으로 따지면 제법 지적인 부류에 속하거든요? 하기야 나도 잇시키하고 도서관에 갈 마음은 없으니 상관없지만.

지금도 약간 긴장 상태인데 잇시키하고 조용한 곳에 갔다가는 그야말로 좌불안석일 테고. 느긋하게 쉬고 싶은데 자꾸만 집적대서, 주말에 애들하고 놀아줘야 하는 아빠가 된 느낌이 들 거 같다. 그런 의미에서 하야마와 도서관에 가면 차분히 독서에 몰두할 수 있을 테지. 꺄악! 무심코 하야마 군과의 도서관 데이트를 상상해버렸잖아! 하와와! 이런 상상을 했다는 사실을 에비나 양한테 들키기라도 하는 날엔 끝장이라구! 아니, 진짜로.

하야마야 어찌되든 내 알 바 아니니, 일단 머릿속 한구석에서 영구 추방시키자. 그 외에는 논다고 하면 뭘 하는 게 일반적이려나? 그렇게 생각하며 고개를 비스듬히 꼬았다.

"노래방이라든가 다트라든가 당구라든가 볼링이라든가 탁구라든가……. 배팅 연습장도 괜찮다만, 이 근처에는 없으니까……."

방금 열거한 후보군 중에 뭐 마음에 드는 거 없냐? 라고 시선으로 묻자, 잇시키가 진지한 표정으로 입을 열었다.

"별로 상관은 없지만요, 선배님이 당구라니 뭔가 안 어울

리네요."

"남이사."

"아, 그래도 탁구는 어울려요!"

"그런 위로는 됐거든……?"

그보다 그 말투, 뭔가 악의가 있는 거 아냐? 무진장 폼 나잖아, 탁구. 혹시 『핑퐁』이라고 모르시는지요? 만화도 애니메이션도 끝내준다고.

그렇게 투닥대는 사이 큰 오거리 형태의 교차로에 도착했고, 신호에 걸려 건널목 앞에 멈춰 섰다.

여기서 왼쪽으로 꺾으면 파르코, 직진하면 영화관이 나온다. 오른쪽으로 가도 별게 없으니 그 둘 중 하나겠지.

"……일단 영화나 볼까? 두 시간은 때울 수 있다만."

"왜 시간 때우는 게 전제인 건데요……. 뭐, 선배님 뜻에 따르겠지만요……."

"그럼 영화로 하자고."

탐탁지 않은 기색이긴 했지만 어쨌든 잇시키의 허락도 얻어냈으므로, 영화관 쪽으로 발길을 옮겼다.

주말답게 영화관도 성업 중이었다.

상영 시간표와 예매 현황을 살피는데, 잇시키가 어느 할리우드 대작의 포스터를 가리켰다. 그곳에는 아카데미상 노미네이트라는 홍보 문구가 대문짝만하게 쓰여 있었다.

"저요, 이거 보고 싶어요."

"그럼 난 저걸 보마."

한편 내가 고른 영화는 아카데미상하고는 인연이 없는 작품이었다. 다만 상영 시간은 대동소이했다. 상영관에서 나오는 타이밍도 비슷할 듯했다.

"끝나고 합류하자고. 아래층 스타벅스에서 보는 걸로 하면 되겠냐?"

본디 다른 사람과 함께 영화를 보는 습관이 없는 나로서는 지극히 당연한 선택인데다 상영 종료 시각을 고려하는 센스를 발휘하기까지 했는데, 이로하 양은 왜 그렇게 얼빠진 표정을 지으시는 건지요?

"……엇, 뭐냐?"

물어보자, 잇시키가 뭔가 납득한 기색으로 힘주어 고개를 끄덕였다.

"오호라, 이런 식으로 대응하니까 그렇게 되는 거군요~."

뭘 알아차리신 건지는 잘 모르겠지만, 이해하셨다니 다행입니다. 못 말리겠다는 듯 한숨을 내쉰 잇시키가 상영 시간이 표시된 디지털 스크린에서 시선을 뗐다. 그리고 그 시선이 한 점에 못 박혔다.

뭔가 싶어 돌아보니, 볼링장 간판이 눈에 들어왔다. 그 밑에는 탁구대가 어쩌고저쩌고 하는 내용도 적혀 있었다.

그 문구를 확인한 잇시키가 빙글 나를 돌아보았다.

"영화는 그만두고, 역시 탁구 치지 않을래요?"

"나야 괜찮다만, 힐인데 힘들지 않겠냐?"

부츠를 바라보며 묻자, 움찔하며 멈춰 선 잇시키가 자기 발치를 빤히 응시하더니, 이윽고 그 시선을 내 얼굴로 향했다.

놀라움인지 당혹스러움인지 모를 표정으로 입을 헤 벌린 그 모습이 앳되어 보여, 새삼스레 잇시키가 연하의 여자아이란 사실을 상기시켰다.

신기하다는 듯 나를 쳐다보는 그 얼굴은 뭔가 하고 싶은 말이 있는 것처럼 보였다.

"뭐, 뭐냐?"

"아뇨……. 의외로 세심하게 보고 있구나 싶어서요……."

"평소하고 눈높이가 다르잖아. 그 정도는 안 봐도 안다고."

그러자 직접 확인해보겠다는 듯, 잇시키가 한 발짝 이쪽으로 다가와 나와 마주보고 섰다. 거리를 확보하려고 한 발짝 물러서자, 잇시키가 눈살을 찌푸리며 다시 한 걸음 다가섰다. 가만히 있으란 뜻인가 보다. 살짝 상체를 뒤로 젖히자, 잇시키가 나를 올려다보았다. 이윽고 그 촉촉한 입술이 살포시 벌어지며, 가느다란 숨결과 함께 나직한 음성을 자아냈다.

"아, 정말이네요. 평소보다 가까워요."

얼굴이 코앞에 있는 탓에 미소 띤 입술에 흐르는 윤기가 눈에 들어와, 무심코 숨을 죽였다.

말문이 막혀 침묵하는데, 잇시키도 부쩍 가까워진 거리에 무안함을 느꼈는지 희미하게 뺨을 붉히며 시선을 뗐다. 그러다 다시 쭈뼛쭈뼛 이쪽을 보더니, 얼버무리듯 수줍은 기색을 드러냈다.

"……하긴 뭐 신발이야 빌리면 되려나?"

잇시키한테서 시선을 돌리고 볼링장을 향해 발걸음을 옮겼다. 그러자 네~ 하고 짤막하게 대꾸한 잇시키가 졸래졸래 내 뒤를 따라왔다.

하여튼 영악하기 짝이 없다니까, 요놈의 후배님은…….

하지만 영악하게 느껴진다 한들 잇시키의 매력이 사라지는 것은 아니라는 점이 문제다.

실제로 얼굴은 예쁘장하다. 행동거지도 영악하긴 하지만 귀엽다. 성격도 이래저래 단점은 있을망정, 영악하고 애교스럽게 굴려는 그 노력은 가상하다고 평가할 만하다.

망했다. 뭐야 이 녀석 귀엽잖아. 소부고의 아이돌~! 이로하야~! 라고 해도 이상할 게 없다고나 할까…… 아니, 그건 이상하다만.

하지만 그 영악함도 사랑스러움도 내가 아니라 다음 타석에서 대기 중인 하야마 하야토를 위한 것임을 알기에, 그럭저럭 냉정을 유지할 수 있었다. 순진무구하던 시절의 지였시믄 한방에 넘어갔을 기라예…….

일부러 어설픈 사투리를 써서 치바인의 정체성을 확립하

② 분명 잇시키 이로하는 설탕과 향신료와 근사한 무언가로 이루어져 있다.

고, 향토애와 자신의 뿌리를 재차 확인하고 나니 한결 마음이 차분해졌다. 으아, 십년감수했네. 치바에 대한 사랑이 없었으면 이로하스의 영악함에 무릎 꿇을 뻔했다고. 땡큐 치바. 아이 러브 치바.

평정을 되찾은 김에 오늘의 목적을 되새겨보았다. 하야마와 놀러갈 코스를 짜는 것이 내게 주어진 과제일 터.

역내 상점가를 가로질러 볼링장이 눈에 들어오기 시작한 시점에서, 고개를 돌려 잇시키를 보며 물었다.

"근데 하야마, 탁구도 쳐? 뭔가 더 고상한 데로 가야 하는 거 아니냐?"

"그러니까 좋은 거죠! 그냥 하야마 선배가 갈 만한 곳에 가봤자 차별화가 안 되잖아요~?"

"아하……."

하긴 일리 있는 지적이다. 잇시키의 현재 라이벌인 미우라는 하야마한테 탁구 치러 가자고 하지는 않을 테니, 그런 의미에서는 차별화를 꾀할 수 있겠지. 그래봤자 긍정적인 방향과 부정적인 방향 중 어느 쪽으로 차이가 벌어질지는 미지수지만. 아니, 애초에 하야마는 그런 걸로 차등을 둘 거 같지가 않다만…….

어쨌거나 귀여운 후배를 위해서다. 힘닿는 데까지 애써보자고.

× × ×

영화관 근처의 볼링장으로 들어가 접수를 마치고, 한쪽 귀퉁이에 있는 탁구대로 향했다.

구석에 놓인 가죽 소파에서 신발을 바꿔 신었다.

옆에 앉은 잇시키도 코트를 벗고 부츠를 갈아 신기 시작했다.

코트 아래에 받쳐 입은 분홍색 니트는 가늘고 여리여리하지만 여자다운 굴곡을 강조했고, 하이웨스트 스커트가 잘록한 허리를 부각시켰다. 위태로운 손놀림으로 웃차 부츠를 벗자, 타이즈를 신었음에도 종아리 모양이 곱다는 걸 알 수 있었다.

어딘가 앳된 느낌이 묻어나는 몸짓에 무심코 바라보고 있자니, 눈이 딱 마주쳤다. 잇시키가 왜요? 라는 표정으로 고개를 갸웃했다. 그렇다고 요염한 매력과 앳된 몸짓의 갭에 시선을 빼앗겼다고 대답할 수는 없는 노릇이라, 가볍게 고개를 젓고는 말없이 라켓을 내밀었다.

꾸벅 고개를 숙이고 그것을 받아든 잇시키가 라켓을 가볍게 흔들며 탁구대 앞에 섰다.

"저요, 중학교 때 수업 이후로 탁구 치는 거 처음이에요."

"2학년이 되면 체육 시간에 선택해서 배울 수 있다만."

탁구대를 사이에 두고 반대편에 서자, 잇시키가 니트 소매

를 걷어붙이고 나를 향해 라켓을 척 겨누었다. 그리고 씨익(にっと, 닛토) 호전적인 미소를 지어 보였다. ……니트(ニット, 닛토)니까!

“그럼 제가 이기면 선배님이 점심 쏘는 거예요, 아셨죠?”

“점심 내기냐. 뭐, 그러든가…….”

대답하며 탁구공을 잇시키 쪽으로 던져주었다. 기왕 시합을 할 거면 내기 정도는 하는 편이 불타오르겠지. 통통 튀며 탁구대 위로 굴러가는 탁구공을 휙 낚아챈 잇시키가 라켓을 거머쥐었다.

“좋아요! ……그럼 저부터 서브 넣을게요. 얍~.”

맥 빠지는 잇시키의 기합 소리와 함께 토옹~ 하고 힘없는 타구가 날아왔다.

“웃샤.”

정면으로 날아온 공을 불필요한 힘을 가하지 않고 가볍게 받아쳤다. 그러자 잇시키가 다시 이얏~ 하고 기운 빠지는 소리를 내며 맞받아쳤다.

한동안 탁구공이 따콩따콩 코트 위를 노닐었다.

똑딱거리며 공 튀는 소리가 울려 퍼지자, 어쩐지 옛날 생각이 났다. 가족 여행으로 온천에 갔을 때는 코마치하고 자주 치곤 했더랬지. 그 덕분에 랠리를 이어가는 접대성 플레이에는 이골이 난 몸이다. 마리오 카트든 뿌요뿌요든, 죄다 그런 플레이 스타일이 몸에 배고 말았다. 왜냐하면 코마치,

지면 살짝 삐지는걸…….

코마치를 상대할 때처럼, 가급적 잇시키가 치기 쉬울 만한 위치로 공을 보낸다.

"이얏."

"읏차."

맥 빠지는 기합소리와 함께 탁구공이 분주하게 코트 위를 오갔다. 내 108가지 오빠 스킬 중 하나, 여동생 접대용 플레이는 아직 녹슬지 않은 모양이다.

처음에는 조심조심 받아치던 잇시키도 슬슬 몸이 풀리는 눈치였다. 뭐 이 정도면 그럭저럭 즐길 수 있으려나……? 하고 생각하자마자, 잇시키의 눈이 수상하게 빛났다.

포옹~ 하고 솟아오른 타구를 포착한 잇시키가 성큼 발을 내디디며 팔을 크게 휘둘러 있는 힘껏 공을 내리쳤다.

"죽어랏!"

"야야, 그건 좀 너무하잖아……."

잇시키가 친 공은 티잉~ 하고 커다란 포물선을 그리며 저 멀리 꼬리를 끌고 사라져갔다. 그런데 어째서 이로하스는 어때요? 라는 듯 뿌듯한 기색으로 승리의 미소를 짓는 거냐……. 테이블테니스에 역전 홈런은 없다고.

날아간 공을 주워 와서 내 서브로 경기를 재개했지만, 범실로 또다시 잇시키에게 서브권이 돌아갔다.

"이번엔 제 차례죠~?"

탁구대에 통통 공을 튀기며 잇시키가 서브를 넣으려는 자세를 취했다. 그러다 문득 뭔가를 깨달은 것처럼 주위를 두리번거리더니, 타임을 걸려는 듯 손을 들었다.

"아, 선배님. 잠깐만 기다…… 에잇!"

타임을 걸다가 말고 별안간 온힘을 다해 공을 때려 넣었다. 하지만 그따위 얄팍한 연기에 걸려들 내가 아니다. 냉정하게 타구가 날아오는 곳으로 이동해, 잇시키가 몸을 튼 쪽과 역방향으로 리턴 에이스를 따냈다.

"……뻔히 보인다고."

그런 꼼수는 어릴 적에 탁구 치고 놀 때마다 아버지한테 당해서, 그 화풀이로 코마치한테 몇 번이고 똑같은 수법을 써먹었다가 미운털이 팍팍 박혔단 말이다! 우리 집안의 막장 유전자를 우습게보지 말라고! 「다신 오빠랑 탁구 안 쳐!」라며 엉엉 울던 그 시절의 코마치는 무진장 귀여웠더랬지…….

그때 코마치는 아직 어린애였으니 징징 짰지만, 다 큰 어른인 이로하스는 어떤 반응이려나? 그렇게 생각하며 돌아보니, 회심의 공격이 간파당한 탓인지 분한 기색으로 이를 악무는 잇시키가 보였다.

"우웃……."

"네가 그런 식으로 나온다면 나도 전력을 다하는 수밖에……."

그렇게 선언하며 재킷을 휙 벗어던지고 탁탁 다리를 풀며 탁구 선수 같은 포즈를 취했다. 그러자 잇시키가 라켓을 흔들며 항의했다.

"서, 선배님, 유치하게 그러기에요?!"

"유치한 건 너거든……? 아무튼 간다. 내 차례야."

방금 전까지의 봐주기 모드와는 다르다. 탁구대 구석을 겨냥해 혼신의 일격을 꽂아 넣었다. 잇시키도 쫑알쫑알 불평을 늘어놓은 것치고 의욕은 있는지, 큭! 하고 밭은 숨결을 토해내며 타구를 쫓아갔다.

"에잇!"

라켓이 휘잉 허공을 가르며 그 반동으로 잇시키의 치맛자락이 팔락 나부꼈다. 아차, 그러고 보니 저 녀석 치마였지……? 너무 빠르게 치면 안 되겠는데…….

그 후에는 도로 봐주기 모드로 돌아와서 살살 치기로 했지만, 한번 인식하고 나니 자꾸만 의식되어 시선이 멋대로 끌려갔다. 뛰고 점프하는 잇시키의 치맛자락이 신경 쓰여 못 견딜 지경이었다.

크윽! 비겁하다!

뭐가 비겁하냐면 결국 탁구대에 가려서 죽어도 안 보이잖아! 뭐야 이거, 결함 스포츠냐! ……아하, 그래. 클리어해서 훤히 비친다고! 라는 느낌의 스켈레톤 소재 탁구대가 개발되면 날개 돋친 듯 팔려나가겠는데. 그냥 확 내가 개발해서 떼돈을 벌어버릴까 보다.

그런 실없는 생각에 빠져 있었던 탓인가, 아니면 치마의 유혹 때문인가. 내 라켓은 연거푸 허공을 갈랐고, 잇시키가 득점을 거듭했다.

후우 숨을 고른 잇시키가 가방에서 미니 타월을 꺼냈다. 그걸로 톡톡 두들기듯 땀을 닦더니 뭔가를 손꼽아 세기 시작했다.

"으음, 선배님이 지금 8점이고 제가 1, 2, 3, 4…… 선배님, 지금 몇 시에요?"

어째 익숙한 전개구만. 그렇게 생각하면서도 벽에 걸린 시계를 보며 대답해주었다.

"11시 정각이다만."

"11시, 그런가요. 아, 맞다. 그래서 제 점수가 12, 13……."

"6점이라고, 6점."

야, 그 『시간 국수』[#12] 너무 대담하잖아……. 도대체 얼마나 뻥튀기를 하려는 거냐고. 그나저나 고전 라쿠고를 알다니. 취향이 심오한걸, 잇시키.

내 지적에 잇시키가 입술을 삐죽이며 심통 난 표정을 지었다. 그래봤자 안 되는 건 안 되는 거다.

"자, 간다."

그렇게 선언하고 토옹~ 하고 조금 엉성한 서브를 넣었다.

#12 시간 국수 라쿠고 작품명. 국수집에서 계산할 때, 손님이 동전을 세는 도중에 시간을 물어서 숫자를 건너뛰어 주인을 속이는 내용. 라쿠고란 일본 전통 예능으로 일종의 1인 만담 같은 것.

속도는 조절했지만 코스는 다소 까다로운 곳을 노렸다. 잇시키도 허둥지둥 탁구대 끄트머리로 달려갔지만, 공은 야속하게도 모서리를 찍고 포옹~ 소리를 내며 튀어 올랐다.

그것을 확인한 잇시키가 생긋 웃으며 나를 돌아보았다.

"와, 아웃이니까 제 득점이네요?"

"야야, 아웃이면 공도 안 튀고 소리도 안 나거든……?"

하여튼 얘도 참……. 어쩜 입에 침도 안 바르고 거짓말을 하니……?

아까부터 하는 짓이 좀 얍삽한 거 아냐? 특히 그 뭐냐…… 치맛자락의 움직임이 얍삽하다고 생각합니다!

그 후로도 대부분 내가 득점을 거듭했고, 가끔가다 치마가 신경 쓰여 실책을 거듭한 끝에, 마침내 승부가 났다.

결과로만 따지면 내 압승이었다.

게임이 끝나자 둘 다 가까운 소파에 털썩 주저앉았다. 상당히 오랜만에 치는 탁구라 조금 숨이 가빴다.

한편 잇시키는 패배의 충격도 더해져서인지, 시무룩한 표정으로 어깨를 축 늘어뜨렸다. ……아직 멀었어!

"……내가 이긴 거 맞지?"

확인 삼아 묻자, 잇시키가 내키지 않는 기색으로 동의했다.

"할 수 없죠…… 이번에는 제가 진 걸로 칠게요."

온갖 비겁한 수작을 동원한 것치고는 의외로 선뜻 자신의 패배를 인정했다. 만약 어딘가의 승부욕의 화신 양이었더라면 틀림없이 자기가 이길 때까지 계속했을 테지.

나야 딱히 승부에 연연하는 타입은 아니지만, 그래도 이겨서 나쁠 거야 없다. 저절로 히죽 재수 없는 미소가 새어나오려 했으나, 여전히 고개를 떨군 채인 잇시키 옆에서 실실 쪼갤 수도 없는 노릇이다.

"점심, 잘 먹으마."

입가에 어린 희미한 미소를 헛기침으로 무마하고, 가급적 넉살 좋게 말했다. 그러자 고개를 수그린 잇시키의 어깨가 가늘게 떨렸다. ……어, 어라? 나 설마 이로하스를 울려버린 거야? 우, 우웃, 어, 어떡하지……?

어찌할 바를 모르고 쩔쩔매는데, 옆에서 음산한 웃음소리가 들려왔다.

"……후후후."

돌아보자, 잇시키가 고개를 들고 사악한 미소를 지었다.

"엇, 뭐야? 왜 그래?"

당황해서 묻자, 잇시키가 허리에 손을 얹더니 우쭐한 표정으로 나를 가리켰다.

"제가 이기면 쏘시라고는 했지만, 선배님이 이기면 쏜다고는 안 했어요."

얘가 뭘 잘못 먹었나……? 미심쩍은 시선을 보내며 시합 전에 나눈 대화를 반추해보았다. ……어랍쇼?

"……그러네?"

정말 잇시키는 자기가 이길 경우의 조건만 내걸었잖아……? 제법인데, 저 녀석. 어째 한수 배운 느낌인걸……? 다음에 코마치하고 뭔가 승부할 때 써먹어야지. 오랜만에 코마치에게 경멸당할 걸 생각하니 설레는 마음을 억누를 길이 없구만……. 그나저나 이로하스 양, 말도 행동도 최악인 거 같습니다만?

"어차피 얻어먹을 생각은 없었으니 상관없지만, 그래도 좀 치사하신 거 아닙니까……?"

일침을 가했지만, 잇시키는 뉘 집 개가 짖느냐는 듯 태연자약했다. 한술 더 떠서 부드러운 미소를 짓기까지 했다.

그리고 살포시 가슴에 손을 얹더니, 몸을 살짝 기울이고 내 얼굴을 빤히 들여다보았다. 그 눈동자에 장난기가 어렸다.

"여자는 좀 여우같은 구석이 있어야 매력적이잖아요?"

"아, 그러냐……."

맥이 빠지긴 했지만, 잇시키의 대답은 신기하게도 납득이 갔다. 뭐였더라, 마더구스였던가, 여자아이는 설탕과 향신료, 그리고 근사한 무언가로 이루어져 있다는 노래.

정말이지 딱 들어맞는다. 잇시키는 향신료가 좀 많이 들어간 느낌도 나긴 하지만.

"……아무튼 그 이론, 모든 남자한테 통용되는 건 아니라고. 특히 오늘 같은 방식은."

그렇다. 이 세상에는 대빈민 게임에 지고 폭발해서 모두에게 즐거운 구경거리를 제공하는, 승부에서만큼은 한없이 비정하고 진지한 녀석들도 있으니까.

하긴 하야마나 토베 같은 부류는 십중팔구 그런 장난에도 호의적일 테고, 잇시키의 외모와 화술이면 어지간해서는 별 문제없이 넘어가겠지만. 심지어 나도 선뜻 용납해버렸는걸!

그러자 내 의도를 이해했는지 잇시키가 갑자기 조신한 표정을 지었다. 그리고 오해라는 듯 가볍게 손사래를 쳤다.

"에이, 그야 하야마 선배님 앞에서는 당연히 안 하죠. 이미지 나빠지면 어떡해요."

"……글쎄다, 하야마는 그 편을 더 좋아할 거 같다만."

"정말인가요? 그거 어디서 난 정보인가요?"

"출처는 딱히 없어."

잇시키가 불쑥 상체를 내미는 바람에 스윽 몸을 옆으로 뺐다. 그러자 잇시키는 더 달라붙는 대신 팔짱을 끼고 으음~ 하고 생각에 잠겼다.

"정보원이 불확실하면 신뢰성이 떨어지죠……. 아직 실행에 옮기지는 못하겠네요."

"조급해할 필요는 없지 않겠냐? 그 녀석, 한동안은……."

내 입에서 나오던 말은 이쪽으로 슬쩍 몸을 트는 잇시키의 움직임에 가로막혔다.

"그러니까, 당분간은……."

거기서 말을 끊은 잇시키가 비밀이라는 듯 내 귓가에 살며시 입술을 가져다대고 마지막으로 한 술.

설탕범벅인 향신료를 쳤다.

"제가 이러는 건요, 선배님뿐이에요."

"그거, 나한테는 이미지가 나빠져도 괜찮다는 소리로도 들린다만……."

상체를 뒤로 젖히며 대꾸하자, 잇시키가 쿡쿡 웃었다.

제아무리 설탕을 듬뿍 발라도 하바네로는 하바네로. 시럽을 들이부어도 타바스코는 타바스코다.

근사한 무언가 없이는 성립하지 않는다.

× × ×

적당히 몸을 움직이자 허기가 느껴졌다.

볼링장을 나서자 옆에서 잇시키가 어깨를 툭툭 쳤다.

"배고프지 않아요~?"

"어, 그래. 뭐 좀 먹을까?"

"네."

그쪽을 돌아보며 묻자, 잇시키가 생긋 웃으며 대답했다. 하지만 그 후에는 그저 생글생글 웃기만 할 뿐, 아무 말도 하지 않았다.

이건 설마 그 상황인가. 던져야만 하는 건가. 그 금단의 질문을…….

결의를 다지고 머뭇머뭇 입을 열었다.

"……뭐 먹고 싶냐?"

"아무거나요."

나, 나타났다~! 뭐 먹고 싶으냐고 물어보면 아무거나라고 대답하는 녀석~!!

여자들은 이럴 때 제안하는 내용에 따라 남자의 수준을 가늠한다고 풍문으로 들었습니다. 시험당하는 남자……. 하지만 저는 감히 말씀드리고 싶습니다.

남자도 여자로부터 시험당하는 위치임과 동시에 여자를 시험하는 입장이기도 하다는 의식이야말로 성공의 비결인지도 모르겠네요.

그래서 저는 여러분께 이 한마디를 전하고자 합니다.

『심연을 들여다볼 때, 심연 또한 우리를 들여다본다.』(니체)

아뿔싸, 저번에 본 『100% 수석 합격! 켄켄의 출판사 취직 "성공" 체험기!!』 때문에 순간적으로 고매한 의식이 싹터버렸나……. 마음을 다잡고 현실을 직시해야지.

예전의 나였더라면 잇시키의 질문에 분노로 이성을 잃고 슈퍼 사이어인으로 변했을 테지만, 최근의 경험이 나를 어른으로 거듭나게 했다.

"그럼 파스타? 아라비아타? 아니면 탈리아타?"

"그거 전부 파스타잖아요……."

"탈리아타는 파스타가 아니다만."

뭔가 쇠고기 스테이크를 얇게 썰어서 만드는 요리다.

내 지적에 발끈했는지, 잇시키의 눈썹이 꿈틀했다. 그래도 힘겹게나마 미소를 유지하다니, 역시 잇시키다.

그러나 겉으로는 웃고 있어도 속으로는 상당히 열 받은 눈치였다. 잇시키가 날 선 목소리로 나직이 중얼거렸다.

"……알고는 있었지만, 선배님 진짜 성격 안 좋으시네요."

"너도."

내 말에 잇시키가 집게손가락을 턱에 대고 이해가 안 간다는 듯 깜찍하게 고개를 갸웃했다.

"전 성격 좋다는 말 자주 듣는데요?"

천연덕스러운 표정으로 응수하는 걸 보니 엄청난 강철 멘탈의 소유자시군요. 확실히 좋은 성격이다. 멘탈만으로 따지면 일본 대표보다 위라니까, 이 녀석…….

터벅터벅 걸음을 옮기며 밥 먹을 만한 곳을 여기저기 떠올려보았다.

"아무거나 괜찮다면…… 사이제지."

그러자 잇시키가 노노하고 고개를 저었다. 뭐야, 아무거나 괜찮다며……. 역시 어느 정도는 잇시키의 의향에 부합하는 해답을 내놓아야 하나 보다.

그리하여 『퀴즈! 이로하스 런치!』가 시작되었다. 이제부터 잇시키의 마음에 들 만한 음식점을 열거해야 한다.

"아니면 졸리 파스타도 괜찮다만."

잇시키가 노노하고 딴청을 피웠다. 이것도 오답인가…….

"크윽, 좋아. 카베노아나[#13]까지라면 양보하마."

잇시키가 파든? 이라는 듯 고개를 갸웃했다. 으윽, 파스타집이 또 어디가 있었더라……?

"카, 카프리초사는?"

마침내 잇시키가 한숨을 쉬었다. 아무래도 여기서 타임아웃인 모양입니다. 『퀴즈! 이로하스 런치!』 정답률은 제로. 점수를 얻지 못했습니다.

"하나같이 파스타 관련이네요……. 진짜 선배님이 가고 싶은 곳이면 돼요."

"정말? 파스타나 아보카도 없어도 되냐?"

"정말이지, 저를 뭐로 보시는 거예요……."

잇시키가 심통 난 기색으로 나를 째려보았다.

아니 그게, 여자들은 파스타하고 아보카도라면 사족을 못 쓰잖아……. 또 새우도 좋아하지, 새우. 새우에도 환장을 한다는 이미지가 있다. 그 뭐냐, 콥 샐러드 스파게티면 아보카도와 파스타가 합쳐져서 최강으로 보이는 거 아냐?

#13 카베노아나 파스타 전문점으로 직역하면 벽의 구멍이란 뜻. 명란젓 스파게티를 처음 개발한 것으로 유명.

내가 가고 싶은 곳이면 된다고 했지만, 방금 사이제를 제안했다가 퇴짜를 맞지 않았던가. 노파심에 다시 한 번 단단히 못을 박아두기로 했다.

"정말 그래도 돼? 날 시험해보려는 거 아냐?"

물어보자 잇시키가 으음~ 하고 생각에 잠긴 표정으로 허공을 보았다.

"그야 평소 같으면 그랬겠지만요……."

평소에는 그런단 말이냐……. 히잉, 이로하스 무서워.

"하지만 오늘은 선배님이 즐겨 먹는 게 좋아요."

……살았다. 그 밖에 내가 아는 파스타 가게라고는 타파스타파스[#14] 뿐이었거든. 하긴 이 근처에 타파스는 없지만.

아무튼 그렇다면 정말 내가 자주 다니는 가게로 데려가야겠지.

다만 한낱 고등학생이 수많은 단골집을 거느리고 있을 리 만무하다 보니, 저절로 후보군이 좁혀졌다. 패밀리 레스토랑이나 카페의 경우, 주말 이 시간대에는 극심한 혼잡이 예상된다. 그렇다고 분위기 있고 고급스러운 레스토랑을 꿰고 있는 것도 아니다.

게다가 오늘 잇시키가 한 말을 빌리면, 내게 기대하는 건 정크한 발상인 모양이다.

#14 타파스타파스 스페인 요리 전문점으로 세련됨과는 거리가 먼 아주 향토적인 분위기임.

그렇다면 결론은 하나뿐이다.

"오케이, 그럼 거기로 가볼까……?"

그렇게 말하며 잇시키를 안내하듯 한 발짝 앞장서서 치바 중심가 쪽으로 걸음을 옮겼다.

치바는 센시티와 파르코, C·one 같은 대형 상업시설과 그 앞쪽 대로변에 음식점이 몰려 있다. 하지만 통칭 헌팅 골목이라 불리는 곳과 그 옆으로 나란히 난 좁은 뒷골목에도 가게들이 많다.

오히려 나 정도 경지에 오른 치바인이면 일부러 뒷골목에서 조용히 영업 중인 가게를 고를 정도다.

평소 같으면 새로운 가게 개척에 힘쓸 테지만, 오늘은 동행인이 있다.

이럴 때는 메이저한 곳을 선택하는 게 바람직하겠지.

골목으로 접어들자, 점찍어둔 가게의 오렌지색 간판이 눈에 들어왔다. 그 간판 밑으로 난, 지하로 이어지는 계단을 내려갔다.

지하의 숨은 맛집 같은 분위기에 잇시키도 눈을 반짝였다.

"맛집을 잘 알면 포인트가 높아요!"

내 소맷자락을 마구 잡아끌며 기대감을 드러내는 잇시키.

그리하여 도착한 곳은 치바에서도 유명세를 떨치는 라면집, 나리타케였다. 현재는 도쿄를 비롯해 나고야에도 진출했다고 들었다. 참고로 프랑스 파리에도 분점을 냈는데, 그

매장은 파리타케라고 불린다(나한테).

"……에이, 라면이에요?"

유리문 너머로 매장을 살피던 잇시키가 눈에 띄게 실망한 기색을 드러냈다. 흥분해서 마구 잡아끌던 소맷자락도 툭 놓아버리고 장승처럼 우두커니 서 있었다.

"아니, 내가 자주 먹는 거라길래……."

"휴우, 하긴 선배님한테 뭘 바라겠어요."

체념한 기색으로 대꾸한 잇시키가 땅이 꺼지라 한숨을 내쉬었다.

으, 으음……. 그야 물론 분위기는 없지만, 그렇게 낙담할 정도로 끔찍한 선택은 아니라고 본다만…….

내 경험에 비추어보면 여자애들도 라면은 좋아할 터였다. 출처는 히라츠카 선생님. 망했다, 정보원의 신뢰도가 완전 바닥이잖아. 일단 여자애라고 부를 만한 나이대가 아니란 점부터가 문제다. 아주 총체적 난국이다.

이럴 때 히라츠카 선생님이라면 얼씨구나 나리타케를 먹어치울 테고, 그것도 모자라서 얼쑤 좋다 지화자 좋다 어깨춤을 춰댈 게 분명하다. 다시 말해서 내가 아는 한 히라츠카 선생님 말고는 그럴 사람이 없다.

하지만 발상을 전환하면 이거야말로 잇시키에게 나리타케를 전파할 찬스이기도 하다. 옛말에 이르기를 『핀치는 핀치, 찬스도 핀치』라고 했다. 핀치는 그냥 핀치고, 찬스라고 생각했을 때야말로 허를 찔리는 법이다. 정신을 바짝 차려야 해!

"아무튼 일단 먹어보고 판단하시는 게 어떨는지요……?"

무심결에 존댓말을 쓰며 조심조심 묻자, 새치름한 눈으로 나를 바라보던 잇시키가 포기한 기색으로 수긍했다.

"어쩔 수 없죠, 선배님께 맡기겠다고 한 건 저니까요……."

엇, 정말? 진짜로? 그렇게 납득해주니 고마운걸…….

탐탁지 않은 기색일지언정 잇시키의 허락도 받아냈으니, 일단 가게로 들어갔다. 그러자 "옙, 어서 옵쇼~!" 라는 기운찬 목소리가 들려왔다.

점심시간이라 카운터는 거의 만석이었지만, 운 좋게도 두 자리가 비어 있었다. 곧바로 자판기에서 식권을 뽑기로 했다. 메뉴가 적힌 버튼을 훑어보는 잇시키의 시선이 우왕좌왕했다. 고르기가 힘든 눈치였다.

"간장 라면을 추천하마. 된장도 맛있지만, 처음이니까 기본이 좋겠지."

"그럼 그걸로 할게요."

잇시키 몫도 같이 사서 카운터로 향했다. 그리고 자리에 앉자마자 대뜸 점원을 향해 말했다.

"찐득찐득."

"……네? 찐득요?"

옆에 앉은 잇시키가 의아한 눈으로 나를 보았다.

"등 기름 양이다만. 아, 이쪽은 담백한 맛으로요."

나리타케는 등 기름과 걸쭉한 국물로 승부하지만, 기름 양을 보통으로 해도 다른 라면집에 비해 맛이 진하다. 그러니 입문자는 우선 담백한 맛부터 시도해보는 걸 추천한다.

"……선배님, 익숙하시네요."

"그야 뭐."

단골다운 면모가 높이 평가됐나 싶어 약간 뻐기듯 대답했다. 하지만 잇시키에게서는 아무런 반응이 없었다.

흘끗 곁눈질하자, 내가 있는 쪽과 반대 방향으로 살짝 몸을 빼고 싸늘한 눈빛을 보내오는 잇시키가 보였다.

으음, 아무래도 이로하스는 감명을 받은 게 아니었나 본데……. 어깨를 나란히 하고 앉아 있건만, 기묘한 거리감이 느껴지는 건 어째서일까요…….

있잖아, 남성 제군! 명심해! 남자들은 라면이나 카레 같은 B급 메뉴에 관한 지식을 자랑스럽게 떠벌리는 경우가 많은데, 그런 해박함은 여자들한테는 잘 안 먹히는 거 같아! 그걸로 인기를 끌 수 있다고 생각하는 남자들은 조심할 것!

잇시키하고도 변변한 대화가 없었기에, 기다리는 동안 눈앞의 주방을 멍하니 바라보다 문득 깨달았다.

"……오늘은 어서 옵쇼가 있잖아. 일진이 좋은데?"

"네? 그게 무슨 소리에요?"

“아, 나리타케는 기본적으로 거의 항상 맛있지만, 맛을 내는 방식에 개성이 있어서 만드는 사람과 근무 당번에 따라서 맛이 미묘하게 달라지거든. 내가 가장 좋아하는 맛이 나는 건 손님이 왔을 때 옙, 어서 옵쇼~! 라고 인사하는 사람이 있을 때고.”

“뭔가 기대했던 것과는 다른 종류의 박식함이네요…….”

잇시키가 맥 빠진 목소리로 중얼대는데 마침 라면이 나왔다. 끈적끈적한 등 기름은 높다란 후지산 봉우리마냥 윤기가 자르르 흘렀고, 피어오르는 훈김은 보는 이의 가슴도 훈훈하게 했다.

“헉, 뭐예요? 이거 기름이에요? 진짜로요?”

내 그릇을 본 잇시키가 기겁하며 물었지만, 지금은 상대해줄 틈이 없다.

“잘 먹겠습니다.”

엄숙하게 선언한 다음, 수저를 들어 하염없이 씹고 뜯고 맛보고 즐긴다. 마약처럼 중독성 있는 맛이다.

옆에 앉은 잇시키는 걸신들린 것처럼 꾸역꾸역 먹어치우는 나를 뜨악하게 바라봤지만, 이내 각오를 다졌는지 심호흡을 하고 조심조심 젓가락을 들었다. 숟가락을 가만히 입가로 가져가 턱을 살짝 들자, 가느다란 목이 꼴깍 움직였다.

그리고 움찔 몸을 굳혔다. 잠시 동안 그대로 꼼짝도 하지 않다가 이윽고 정신을 차렸는지 젓가락으로 면을 건지더니,

반들반들한 입술을 내밀고 후후 불어 오물오물 먹기 시작했다.

보아하니 나쁜 인상은 아닌 눈치였다. 그 반응에 조금 안심하며 다시 젓가락을 놀렸다.

둘이서 묵묵히 식사를 계속하다가 깨닫고 보니 다 먹은 후였다.

"……인정하긴 싫지만요."

불현듯 나직한 중얼거림이 들려왔다. 흘끗 곁눈질하자, 아래를 보고 있던 잇시키가 고개를 들고 이쪽을 돌아보았다. 그 표정은 어딘가 분해 보였다. 잇시키가 입술을 삐죽거리며 말을 이었다.

"맛있었어요……."

말이 끝나기가 무섭게 홱 고개를 돌려 나를 외면했다. 그 모습에 저절로 미소가 새어나올 뻔했다.

"……그거 다행이네."

"하긴 여자들끼리는 들어가기 껄끄러운 가게에 데려가주는 건 제법 점수를 딸 수 있을지도 모르겠네요."

흠흠 고개를 끄덕인 잇시키가 누구더러 하는 말인지 제풀에 납득했다. 마음에 드셨다니 황공하지 그지없나이다.

하긴 따지고 보면 파스타나 라면이나 그게 그거고, 아보카도와 등 기름도 지방이라는 점에서는 별 차이가 없다.

탄수화물과 지방은 남녀를 불문하고 최강인지도 모른다.

역시 나리타케는 끝내준다니까.

× × ×

자, 그럼 배도 채웠으니 이만 돌아갈까요!

그렇게 외치고 싶은 심정은 굴뚝같았으나, 또다시 터덜터덜 길을 걸었다.

"뭔가 달달한 거 먹고 싶지 않아요?"

질문을 가장했지만 실제로는 단순한 명령인 잇시키의 제안에 따라, 이번에는 카페를 찾아 거리를 배회했다.

"저쪽인데요~. 분위기 좋은 가게가 있거든요~."

그렇게 말한 잇시키가 거침없이 걸음을 옮겼다. 중심가에서 조금 떨어진 구획이라, 공원과 사무실, 아파트가 늘어선 차분한 느낌의 거리가 펼쳐졌다.

중앙역 앞을 지나 비교적 최근에 정비된 깨끗한 도로를 걸었다. 이 근방은 어수선한 헌팅 골목과는 달리 건물 외관도 깔끔했다.

그래서인지 불어오는 바람도 조금 세차게 느껴졌다.

날씨는 화창하지만 북풍은 역시 매서웠다.

라면을 먹은 덕분에 뱃속도 마음속도 훈훈한 상태라 당장 집에 가고 싶을 정도는 아니지만, 그래도 가급적 장시간 행군은 피하고 싶었다.

아직 멀었나 싶어 쳐다보자, 내 시선을 느낀 잇시키가 생긋 웃으며 앞을 가리켰다.

"저기에요, 저기."

그곳을 보니 운치 있는 카페가 있었다.

나뭇결을 살린 외관, 햇볕을 들여놓기 위해서인지 커다랗게 낸 창문. 테라스에는 큼지막한 녹색 파라솔이 자리했고, 처마 밑에는 칠판에 분필로 쓴 메뉴까지 있어 세련된 느낌을 물씬 풍겼다. 야야, 정말이냐. 여긴 치바라고. 근사한 카페 같은 게 있어도 되는 거냐.

어때요? 괜찮죠? 들어갈 거죠? 안 들어가다니 미치지 않고서야 그럴 리 없죠? 란 느낌으로 잇시키가 내 머플러를 잡아끌었다. 있잖아, 이거 목줄 아니거든?

"그래, 뭐 괜찮네."

솔직히 말하면 추워서 어디든 상관없었다. 나 혼자라면 절대 올 리 없는 곳이지만, 오늘은 잇시키와 같이 있으니 저런 근사한 공간을 살짝 침범해도 괜찮겠지.

"그럼 들어…… 앗, 이런."

말하다 말고 잇시키가 그 자리에 우뚝 멈춰 섰다.

"뭐야, 왜 그래?"

잇시키가 내 소매를 세게 잡아끌어 걸음을 멈추게 했다. 저기, 이거 말고삐 아니라고……. 그렇게 생각하는데 잇시키가 다급한 기색으로 내 뒤에 숨었다. 그리고 빼꼼 고개만 내밀고 가게 쪽을 가리켰다.

"저기 좀 봐요."

"엉?"

시키는 대로 시선을 돌리자, 커플 한 쌍이 카페 밖으로 나오는 게 보였다. 안경을 쓴 약간 소심해 보이는 갈래머리 소녀, 그리고 어디서나 볼 수 있는 별 특징 없는 평범한 소년……. 두 사람은 카페에서 나와 우리가 있는 곳과는 반대 쪽으로 걸음을 옮겼다.

그 뒷모습을 가만히 응시하다가 팔짱을 끼고 생각에 잠겼다.

어쩐지 눈에 익은데……. 누구더라? 하고 생각하는데, 잇시키가 뒤에서 소곤소곤 귀띔해주었다.

"부회장이랑 서기에요."

……아하, 맞다. 그렇다면 확실히 나하고도 구면이다.

엇, 잠깐만. 근데 왜 저 둘이 저 카페에서 같이 나오는 거지?

"뭐야, 쟤네들 사귀냐?"

내 등 뒤에서 쓱 몸을 떼는 잇시키에게 묻자, 잇시키가 고개를 갸웃했다.

"글쎄요~? 아니지 않을까요? 뭣보다 같이 좀 놀았다고 사귀다니, 지나치게 단순……."

흠칫하며 말과 행동을 멈춘 잇시키가 무시무시한 기세로

나를 돌아보았다.

"헉! 뭐예요 설마 방금 절 꼬시려고 하신 건가요 겨우 한 번 같이 논 걸 가지고 남자친구 행세라니 뻔뻔스러운 것도 정도가 있으니까 몇 번 더 만난 다음에 해주시면 안 될까요 죄송해요."

다가오지 말라는 듯 양손을 쭉 뻗으며 숨 돌릴 틈도 없이 주워섬긴다. 있는 대로 흥분해서 속사포처럼 다다다 쏘아붙인 탓인지, 잇시키가 후하후하 심호흡을 했다.

"……어, 그래. 뭐 맘대로 생각해라."

뭘 어떡하면 그 말이 그렇게 해석되는 건지 물어보기도 귀찮다……. 통산 몇 번째 실연인지 세는 것도 허무해질 지경이라고…….

"됐으니까 들어가자고. 밖은 춥잖아."

"앗, 같이 가요~."

짤막하게 통보하고 입구로 향하자, 잇시키가 허둥지둥 뒤따라왔다.

근사한 분위기에 걸맞게 내부 인테리어도 감각적이었다. 의자와 테이블에도 세심하게 공을 들였는지, 자리마다 특색이 있었다. 벽과 서랍장 위도 아기자기한 잡화로 예쁘게 꾸며놓아, 여성 고객들에게 인기 있을 법한 분위기였다.

우리가 안내받은 자리는 입구에서 오른쪽, 이 카페에서는 비교적 평범한 축에 속하는 소파 자리였다. 길 쪽으로 난

돌출 창으로 햇살이 비쳐들었다.
맞은편에 앉은 잇시키가 냉큼 메뉴판을 펼쳤다.
"휴우, 뭘 먹지? 진짜 고민되죠~?"
질문의 형식을 취하기는 했지만 내 대답을 기대하지는 않는지, 잇시키가 다짜고짜 메뉴판을 팔랑팔랑 넘겼다. 단 걸 좋아한다는 점을 어필해서 여자다움을 연출하다니, 역시 이로하스 약았어. 역시 이로하스. 하긴 꼭 연출이 아니어도 단 걸 좋아하는 여자는 많을 테지만. 우리 부실에도 맨날 과자 먹느라 바쁜 쿠키 몬스터가 있으니……. 요새는 센베도 즐겨 먹지만.
행복한 고민에 빠진 잇시키를 멀거니 바라보는데, 그 시선을 느낀 잇시키가 메뉴판을 빙글 돌려 나에게 보여주었다.
거참 메뉴 한 번 다양하구만…….
마카롱 샌드 케이크와 롤 케이크, 가토 프로마주, 크림 브륄레…… 또 젤라또하고 소르베라. 젤라또와 소르베는 뭐가 다르담? 파르페 사촌이냐농?
설명과 사진을 견주어보며 실없는 생각을 하는데, 잇시키가 메뉴판에서 휙 고개를 들었다.
"결정했어요."
"그래, 그럼 시킬까?"
점원을 부르자, 잇시키가 메뉴판을 가리키며 주문을 넣었다.

"아삼이랑 마카롱 샌드 케이크 주세요."

"그리고 블렌드 커피하고…… 젤라또도요."

주문을 마치자 한가로운 시간이 흘러갔다.

은은하게 깔리는 보사노바 풍의 선율과 훈훈한 실내 공기, 오후의 따사로운 햇살. 그 모든 것이 하나로 어우러지며 카페만의 독특한 분위기를 자아낸다. 다른 손님들의 이야기소리도 물속에서 듣는 것처럼 어딘가 멀고 아스라했다.

그만큼 의식은 눈앞에 있는 사람에게로 쏠렸다.

이 카페에는 자주 와서 익숙한지, 잇시키는 몹시 편안한 표정으로 소파 깊숙이 몸을 묻은 채 팔걸이에 턱을 괴고 창밖을 내다보는 중이었다. 케이크가 기대되는지, 허밍을 하듯 나직하게 콧노래를 흥얼거린다.

그 나직한 노랫소리에 귀 기울이며 나도 바깥으로 시선을 돌렸다. 눈에 들어온 것은 낯익은 거리였지만, 운치 있는 카페에서 유리창 너머로 감상하는 풍경은 평소보다 조금은 특별하게 느껴졌다. 카페라는 공간은 그런 착각을 불러일으키는 마력을 지녔는지도 모른다.

혹시 잇시키도 그런 점이 마음에 들어 이 카페를 애용하는 걸까. 물론 이곳을 찾은 손님은 잇시키만이 아니었지만.

"여기, 학생회 애들하고도 오냐?"

아까 본 두 사람을 떠올리며 묻자, 잇시키가 홱 이쪽을 보더니 도리도리 고개를 저었다.

그러다 뭔가 깨달은 듯 손뼉을 치고는 턱을 매만지며 생각에 잠겼다.

"아, 부회장이랑 서기 말이죠? 지난주에 잡담을 하다가 우연히 이 카페 이야기가 나와서인지도 모르겠네요~."

"아하."

그럼 그냥 우연히 마주친 것뿐인가.

아니지, 어쩌면 부회장 군이 그걸 미끼로 서기 양을 꼬드긴 건지도 모른다. 「회장이 말한 카페, 한번 가보지 않을래?」하는 식으로 접근해서! 쳇, 재수 없어. 신성한 학생회실에서 뭐하는 짓거리냐고. 세상을 물로 보냐 일이나 해.

……엇, 아니지. 꼭 부회장이 먼저 접근했단 법은 없잖아. 그 소심한 서기 양이 용기를 내어 제안한 거라면 그건 어쩐지 응원하고 싶어지는데! 부회장은 딱히 응원할 마음이 안 난다만! 그 부회장, 내 안에서는 토베와 비슷한 카테고리로 분류되는 느낌이다. 잇시키 이로하 피해자의 모임이란 의미에서.

그렇게 시답잖은 생각을 하고 있자니, 바로 그 가해자인 잇시키 이로하가 덧붙였다.

"그게요, 사실은 주말에 어디서 노느냐고 부회장한테 물어봤거든요. 오늘을 위해서! 오늘을 위해서!"

끝부분을 강조하듯 말한 잇시키가 눈만 빼꼼 들어 나를 올려다보았다. 중요해서 두 번 말한 걸까요, 이 아가씨…….

그런 노골적인 어필은 하치만 기준으로 그다지 포인트가 높지 않습니다만.

“마음은 고마운데, 그런 사전 준비보다 좀 더 기본적인 부분을 준비해주길 바랐다만…….”

일단 내 의사를 타진한다든가, 나한테 놀러간다는 목적을 명확하게 밝힌다든가. 이것저것 해야 할 일이 있었잖습니까…….

항변해봤지만 내 잔소리는 흘려듣기로 마음먹었는지, 대놓고 딴청을 피우던 잇시키가 우물우물 말문을 흐리며 화제를 돌렸다.

“물론 마주칠 뻔한 건 솔직히 예상 밖이었지만요…….”

말을 끊은 잇시키가 다시 시선을 앞으로 향하며 나를 똑바로 응시했다. 그리고 주위를 의식하듯 슬쩍 손으로 입가를 가리더니, 수줍은 기색으로 생긋 웃으며 소곤소곤 말했다.

“다음에는 좀 더 아는 사람이 적은 곳으로 해요.”

“다음도 있냐…….”

잇시키의 말이 뜻밖이었던 데다 다음번에도 틀림없이 힘들 거란 생각이 들어버린 탓에, 내 반응은 조금 건조했다. 그러자 잇시키가 나를 째릿 흘겨보았다.

“왠지 내키지 않는 기색인데요?”

“아니 뭐 딱히 싫은 건 아니고……. 그 뭐냐, 가급적 선처할 수 있게 긍정적으로 검토하는 방향으로 가닥을 잡아두마."

"현실성이라곤 전혀 느껴지지 않는 대답이네요……."

탄식한 잇시키가 못 말리겠다는 듯 희미한 쓴웃음과 함께 나를 보았다. 잠시 후, 그 입술이 우와~ 하고 살포시 벌어지며 눈에는 설렘이 깃들었다. 잇시키의 시선이 꽂힌 방향, 즉 내 뒤를 돌아보니 점원이 케이크 세트를 날라오는 중이었다.

정갈한 손놀림으로 테이블에 놓이는 케이크와 홍차, 그리고 젤라또와 커피. 늘어선 접시를 행복한 눈빛으로 바라보던 잇시키가 휴대폰을 꺼내서 찰칵찰칵 사진을 찍기 시작했다. 어째선지 자기 몫의 케이크만이 아니라 내 젤라또까지 앵글에 담는다.

여자들은 왜 저렇게 죽어라 밥과 디저트 사진을 찍어대는 거지? 칼로리 계산이라도 하려고? 아니면 헬스 트레이너가 먹은 걸 사진 찍어 보내라고 시키나?

한바탕 사진을 찍고 나서 만족했는지, 잇시키가 들고 있던 휴대폰을 내렸다. 이제 먹어도 되나 했더니, 잇시키가 힘차게 손을 들었다.

"저기, 여기요~. 죄송한데 사진 좀 찍어주실래요?"

부르는 소리에 잽싸게 나타난 점원이 잇시키가 내미는 휴대폰을 공손하게 받아들었다. 저 녀석, 아직도 찍을 게 남았냐! 더는 못 참아! 난 아이스크림을 먹고야 말 테다! 하고

스푼을 집어 드는데, 잇시키가 내 손을 찰싹 때렸다.

그쪽을 보니 잇시키는 테이블 쪽으로 살짝 몸을 내민 채 얼짱 각도로 휴대폰을 든 점원을 바라보고 있었다.

"자, 선배님. 브이하세요, 브이."

"싫어. 나까지 찍을 필요는 없잖아. 아이스크림 녹는다고."

"그렇게 금방은 안 녹아요. 됐으니까 빨리 좀."

잇시키가 이쪽에는 눈길조차 주지 않고, 빠른 속도로 말했다. 아무래도 저 표정을 유지할 수 있는 시간은 별로 길지 않은 모양이다. 조바심이 나는지, 무성의한 존댓말이 더 무성의해졌다.

"저어, 손님……."

점원이 난감한 기색으로 웃었다. 어떡할까요……? 라고 묻는 그 시선에서는 당혹스러움뿐만 아니라 일종의 압력도 느껴졌다. 죄, 죄송합니다. 일하는데 번거롭게 해서…….

"선배님, 얼른요 얼른."

잇시키의 재촉에 못 이겨, 그릇을 살짝 밀어놓고 테이블 쪽으로 몸을 내밀었다.

"조금 더 가까이 오시는 편이……."

카메라를 든 점원의 지적에 조금 더 몸을 기울였다. 그러자 불현듯 샴푸 냄새가 풍겨왔다. 시선만 슬쩍 그쪽으로 향하자, 부드러워 보이는 잇시키의 머리카락이 사르륵 흘러내렸다. 놀랄 만큼 가까운 곳에 잇시키의 얼굴이 있었다. 반사적으로 몸을 물리려 한 순간, 점원이 입을 열었다.

"네네, 좋아요. 그럼 찍습니다."

그리고 두세 번 셔터 누르는 소리가 났다.

"고맙습니다~."

감사를 표한 잇시키가 점원에게서 휴대폰을 받아드는 모습을 바라보며, 소파 깊숙이 몸을 묻었다. 고작 사진 몇 장에 이토록 진이 빠질 줄이야……. 사진을 찍으면 영혼이 빠져나간다는 것도 새빨간 거짓말은 아닐지 모른다.

한숨을 쉬자, 커피 잔에서 모락모락 피어오르던 김이 허공으로 흩어졌다. 식기 전에 마시는 편이 좋겠지.

"……이제 먹어도 되냐?"

"아, 네. 드세요."

휴대폰으로 방금 찍은 사진을 확인하며, 잇시키가 건성으로 대꾸했다. 그 사진, 내 얼굴이 벌겋게 나왔을 거 같아 쪽팔린다만. 그렇게 생각하며 얼굴과 머리를 식히고자 대기명령이 떨어졌던 아이스크림을 입에 넣었다.

……뭐야, 역시 좀 녹았잖아.

× × ×

계산을 마치고 밖으로 나오니, 바깥은 이미 어두컴컴했다.

주절주절 영양가 없는 이야기를 나누고 각종 디저트를 즐기는 사이, 상당히 시간이 지체된 모양이다.

밤이 되어 바람이 거세졌는지, 느슨하게 두른 목도리 틈새로 섬뜩한 냉기가 파고들었다.

코트 앞섶을 여미고 목도리를 칭칭 휘감는데, 잇시키가 한발 늦게 카페에서 나왔다.

"죄송해요, 기다리셨죠? 영수증 받아오는 걸 깜빡해서요~."

잇시키가 에헷☆ 하고 수줍게 웃으며 자기 머리에 꽁하고 꿀밤을 먹였다. 속보여……. 그나저나 영수증이라니 뭐에 쓰려는 거람? 아까 같이 계산했는데. 그러고 보니 저 녀석, 볼링장하고 라면집에서도 영수증과 식권을 꼬박꼬박 챙기던데……. 소득공제라도 받으려고?

"그럼 일단 역으로 갈까?"

"네."

그 대답에 마주 고개를 끄덕여 보이고, 누가 먼저랄 것도 없이 걸음을 옮겼다.

역으로 향하는 사람들, 그리고 방금 역에서 나왔을 사람들. 인파의 흐름이 뒤얽히며 거리는 완연한 밤의 얼굴로 탈바꿈한다. 주말이라 떠들썩하고 활기찬 분위기다.

아주 늦은 시간은 아니지만, 탁구를 쳤기 때문인지 후아암 하품이 새어나왔다. 피곤하기는 인도 쪽으로 나와 나란히 걷는 잇시키도 마찬가지인지, 후아암 하품이 전염되었다.

하품하는 모습을 들켰다는 걸 깨달은 잇시키가 조금 민망한 표정을 지었다. 그리고 얼버무리듯 헛기침을 하더니, 내 쪽으로 반 발짝 다가섰다.

"으음, 오늘은 대충 10점이란 느낌이려나요~?"

뜬금없이 건넨 그 말은 아무래도 오늘 데이트 코스 검토 시험의 채점 결과인 듯했다.

"일단 물어보는데, 몇 점 만점이냐?"

"그야 당연히 100점이죠."

"왜 그렇게 낮은 건데……."

저는 저 나름대로 노력했거든요? 안 그래? 좀 불합리한 거 아냐? 불만 어린 눈빛을 보내자, 잇시키가 으음~ 하고 장갑을 낀 양손을 들었다.

왼손 오른손 둘 다 활짝 펴고, 손가락을 꼽아가며 뭔가를 세기 시작했다.

"우선 하야마 선배님이 아니라서 마이너스 10점."

"시작부터 생트집이냐……."

네가 무슨 카구야 공주냐고.[#15] 심지어 감점식이고. 사람을 성장시키려면 가산점 방식이 바람직하다고 하치만은 생각합니다. 장점을 키워나가자고!

#15 카구야 공주 일본 민담 「타케토리 이야기」의 주인공으로, 풀 수 없는 문제를 내어 구혼자들을 거절함.

그러나 내 마음의 외침이 전해질 리 없었고, 잇시키는 또 다시 왼쪽 손가락을 하나씩 접으며 점수를 매겨나갔다. 제발 그만하세요. 더 이상 접었다간 제 인생을 접고 싶어질 거라고요!

"그리고 언동을 다 합쳐서 마이너스 40점이고요~."

"뭐 타당한 평가네."

저절로 흠흠 고개가 끄덕여졌다. 오히려 그 정도 감점에 그치다니 분발했구만. 내가 분발했다기보다는 그걸 용인해준 잇시키가 분발했다고 해야 할지도 모르지만.

"그래도 자각은 있으셨나 보네요……."

한숨 섞인 목소리에는 체념의 빛이 어른거렸다. 아, 용인해준 건 아니었군…….

어쨌거나 그 후로도 잇시키 선생님의 채점은 계속되었다. 잇시키가 별안간 오른손을 불끈 움켜쥐더니, 내 옆구리에 가벼운 펀치를 먹였다.

"여자가 불러낸다고 쫄랑쫄랑 따라 나오다니, 마이너스 50점이에요."

"야야, 불러낸 사람은 너거든……? 게다가 그럼 빵점이잖아."

맞은 데는 하나도 아프지 않은데, 어찌된 영문인지 가슴이 뜨끔했다. 문득 머릿속에 떠오른 사람이 어쩐지 마음에 걸렸다.

옆구리를 쓰다듬는데, 한 발짝 성큼 걸어 나간 잇시키가 집게손가락을 척 치켜세우며 에헴 가슴을 폈다.

"그래도 재미있었으니까 보너스로 10점 드릴게요."

"……그거 고마운데."

그래서 합계 10점인가. 전체적으로는 깐깐하지만 마무리는 약간 느슨한 채점이다. 내가 매긴 점수와 그 세부 내역도 비슷했기에 어느 정도 납득은 갔다.

그렇게 아옹다옹하는 사이, 차츰 역이 가까워져왔다.

나는 여기서 소부선을 타고, 잇시키는 아마 모노레일을 타고 가겠지. 그럼 역 바로 앞에서 길이 갈린다.

"선배님은 어떠셨어요?"

로터리로 이어지는 짧은 계단으로 접어들었을 때, 잇시키가 조심스러운 목소리로 물어왔다. 고개를 숙인 채여서 표정까지는 살필 수 없어, 무엇에 관한 질문인지 순간적으로 헷갈렸다.

하지만 십중팔구 조금 전에 내가 생각했던 것과 크게 동떨어진 화제는 아닐 테지.

"뭐 나도 비슷한 느낌이다만. ……좀 피곤하긴 해도."

"피곤하다니 너무 솔직하신 거 아니에요……? 어차피 상관은 없지만요. 그만큼 열심히 저를 상대해주셨다는 뜻이니까요!"

고개를 든 잇시키의 얼굴에는 깜찍한 미소가 감돌았다.

패턴화된 그 영악한 연기에 저절로 입매가 떨떠름하게 굳어졌다. 내 경직된 쓴웃음을 본 잇시키가 못마땅한 기색으로 입술을 삐죽거렸다.

"뭐예요, 그 성가셔 죽겠다는 표정……."

뺨을 볼록 부풀린 잇시키가 몸을 홱 돌리더니 살짝 걸음을 빨리했다. 그리고 그대로 나를 앞질러가며 토라진 목소리로 쏘아붙였다.

"성가시지 않은 여자는 없다고요."

그 대답은 놀라울 만큼 가슴에 와 닿았다. 가볍게 어깨를 으쓱해 보이고는, 걸음을 빨리해 잇시키를 따라잡았다.

"……그렇겠지. 애초에 인간 자체가 성가시니까."

"우와, 선배님 성가셔요~."

옆을 돌아보자, 잇시키가 방금 전의 나하고는 상대도 안 될 정도로 성가신 표정을 지었다. 너무하잖아, 이 녀석.

서로 성가신 기분을 맛본 탓인지, 걷는 속도가 약간 느려졌다. 하지만 역 앞 광장은 이제 코앞이었다. 개찰구에서 쏟아져 나오는 사람들의 물결을 피하며 오늘 약속 장소였던 비전 앞에 다다르자, 잇시키가 걸음을 멈추었다. 나도 덩달아 멈추어 섰다.

"아무튼 오늘은 좋은 참고가 됐어요. 고맙습니다."

뜻밖일 만큼 순순히 감사의 뜻을 표한 잇시키가 깊숙이 고개를 숙였다. 예의 바르고 정중한 잇시키의 모습에 당황한 나머지 어어니 으음이니 나야말로니 하는 어눌한 말들을 더듬더듬 늘어놓자, 그런 반응이 우스웠는지 고개를 든 잇시키가 쿡쿡 웃었다.

"……선배님도 꼭 참고해주세요, 아셨죠?"

그 눈빛은 따스했지만, 나직하게 당부하는 말의 이면에는 약간의 엄격함이 엿보였다.

"……그래. 저기, 그 뭐냐. 오늘은 고마웠다."

확실히 오늘은 이것저것 많이 배워가는 느낌이다. 그야 물론 잇시키가 특이한 거고, 오늘의 경험을 고스란히 살릴 수는 없을 테지만. 누구나 누군가의 예외이고, 모두가 다르니까.

"그럼 학교에서 뵈어요."

"조심해서 들어가라."

작별 인사를 나눈 후, 잇시키는 위층에 있는 모노레일 승강장으로 향했다. 올라가는 에스컬레이터는 천천히 움직여 차츰 거리를 벌려갔다.

중간에 빙글 뒤돌아본 잇시키가 살랑살랑 손을 흔들었다. 살짝 손을 들어 화답하고, 조금씩 멀어져가는 그 뒷모습을 바라보았다.

여자아이는 설탕과 향신료, 그리고 근사한 무언가로 이루어져 있다.

잇시키 이로하가 지닌 『근사한 무언가』. 달고 맵고, 그리고 십중팔구 쓰고 시큼할 터인. 접해보기 전까지는 알 수 없는, 참으로 성가신 『근사한 무언가』.

그것은 분명 잇시키뿐만 아니라, 나와 나름대로 가까운 그들도 지니고 있는 걸 테지.

그 무언가란 과연 뭘까.

시야에서 사라질 때까지 잇시키 이로하의 모습을 눈으로 좇으며, 아주 잠깐 그런 생각을 했다.

ZZZ

3

절대로 어길 수 없는 마감이 그곳에는 존재한다.

그날 부실은 평소보다 다소 추웠다.

얼마 전부터 나기 시작한 히터의 소음에 관해 히라츠카 선생님께 보고한 결과, 정비업체의 점검 수리가 끝날 때까지 사용을 삼가달라는 당부를 받았기 때문이다.

낮에는 부실을 쓸 일도 없으니 평소와 다름없이 생활하지만, 방과 후에는 아무래도 상황이 달라진다.

해가 서서히 저물면서 기온도 떨어져가는 가운데, 부실을 지켜야만 하는 상황이 되는 거다.

그래서 실내인데도 목도리를 벗을 수가 없었다. 그 밖에 난방에 도움이 될 만한 물건이라곤 기껏해야 전기 포트정도였다.

그러나 전기 포트에 난방 기능은 없다. 오늘도 전기 포트는 우리가 먹을 홍차를 타는 용도로만 쓰였다. 단지 형식적인 가습 효과도 일조해서, 아무것도 없는 것보다야 나은 수준의 온도를 유지했다.

사람이 한번 쾌적한 생활에 익숙해지고 나면, 그것을 잃어버렸을 때의 갈증은 참기 힘들다. 으슬으슬 발치를 타고 올라오는 한기를 느끼면, 문고본을 넘기던 손도 자꾸만 멎어버리고 만다.

어차피 변변한 방문객도 없는 동아리다. 똑같이 책을 읽으며 시간을 죽일 거라면 집이 훨씬 편안하다. 정 안 되면 못 올 데 온 것 같은 껄끄러움은 있을지언정, 스타벅스 같은 곳에서 의식 있는 지성인(픕)에게 둘러싸여 책을 읽는 편이 나을지도 모른다. 그나저나 스타벅스로 모여드는 의식 있는 지성인(픕)들은 어째서 꼭 창가 자리를 골라 맥북을 두들기거나 두툼한 교양서적을 읽는 거람? 여름날 밤 창문에 다닥다닥 붙어 있는 벌레냐고.

하긴 인기 폭발인 스타벅스에서는 차분히 독서를 즐기기도 힘들다. 한가하다는 의미에서는 부실이 낫다. 조용하고 서늘한 분위기는 싫지 않다. 다만 겨울철에는 그 서늘함이 기하급수적으로 강화되니 문제다.

게다가 내 지정석은 복도 쪽 벽 바로 옆이다. 그런데 그 벽의 두께가 싸구려 원룸 빰치게 얇다. 벽이라기보다는 판자때기라고 불러야 할 지경이다. 따라서 바깥공기를 차단하기에는 역부족인데다, 문 틈새로 서릿발 같은 웃풍이 새어든다.

"……야, 오늘은 그냥 끝내면 안 되겠냐? 추워 죽겠는데."

한번 추위를 의식하자 참기가 힘들어져, 부르르 어깨를 떨며 창가 자리에 앉은 두 사람을 향해 말했다.

그러자 나처럼 책을 읽던 유키노시타가 고개를 들더니, 의아한 기색으로 고개를 갸웃했다.

"그래? ……글쎄, 어떻게 할까?"

"우움, 난 하나두 안 추운데?"

턱을 매만지며 생각하는 포즈를 취하는 유키노시타의 말에 대답한 사람은 유이가하마였다.

그야 유이가하마는 안 춥겠지.

부실이 춥다고 느끼자마자 쾌재를 부르며 일부러 의자를 옮겨다가 유키노시타 옆에 딱 달라붙어 함께 무릎 담요를 덮고 앉아 있으니까. 평소 같으면 답답하다는 둥 거추장스럽다는 둥 하며 떼어놓으려고 할 유키노시타도 오늘만큼은 마음대로 하라고 내버려두었다.

그래서인지 둘 다 노골노골한 표정이었다.

두 사람이 앉은 자리가 양지바른 곳이라는 점도 한몫했을 테지만, 무엇보다도 서로의 체온으로 몸이 데워지는 효과가 크다. 너희들, 따듯해 보이는구나…….

알콩달콩한 두 사람을 원망스러운 눈초리로 쳐다보자, 유키노시타에게 밀착하듯 기대 있던 유이가하마가 살짝 몸을 일으켰다.

"히, 힛키. 거긴 추워?"

"……어, 그야 춥지."

각 잡고 물어오자, 또다시 오싹한 냉기가 스며드는 기분이었다. 무심결에 팔뚝 언저리를 쓸었다.

"글쿠나……."

유이가하마가 크기를 가늠하듯 담요를 살짝 들춰보았다. 그리고 주저하듯 뜸을 들이며 가느다란 숨결을 흘렸다.

흘끗 내 눈치를 살피듯 눈만 빼꼼 들어 바라보는 그 시선에 왠지 가슴이 술렁였다.

뭔가 말하려고 깊이 숨을 들이쉬자, 풍만한 가슴이 오르내렸다. 결심이 선 표정으로 입을 열자, 방금 보여준 결연한 몸짓과는 딴판으로 가냘픈 목소리가 흘러나왔다.

"그, 그럼……."

말하기가 힘든지 유이가하마가 우물우물 말문을 흐리자, 부드러운 미소를 띤 유키노시타가 그 뒷말을 넘겨받았다.

"외투를 입지 그러니?"

네네, 맞는 말씀이십니다. 아무렴요. 조언에 따라 코트를 집어 들고, 여름철 냉방병에 시달리는 수족냉증의 여직원처럼 팔은 꿰지 않고 어깨에 걸쳤다.

얼른 하교 시각이 되어주지 않으려나……. 그렇게 생각하며 벽시계와 눈싸움을 벌이는데, 똑똑 노크 소리가 들려왔다. 아아, 누군가 와버렸잖아……. 조기 귀가의 꿈은 수포로 돌아간 모양이다.

"들어오세요."

힘없이 고개를 떨구는 나를 거들떠보지도 않고, 유키노시타가 문밖을 향해 말했다. 허락이 떨어지자 드르륵 문이 열렸다.

"수고 많으십니다~."

꾸벅 고개를 숙이자 황갈색 머리카락이 찰랑 흔들렸다. 흘러내린 앞머리 사이로 크고 맑은 눈망울이 드러났고, 입가에는 희미한 미소가 감돌았다.

잇시키 이로하는 오늘도 어김없이 부실을 찾아왔다. 다만 평소보다 한결 정중한 인사말에서 미묘한 위화감이 느껴졌다. 뭔가 불길한 예감이 드는데…….

"앗, 이로하. 야헬롱~!"

유이가하마가 손을 들며 이름을 부르자, 잇시키도 헐렁하게 밖으로 삐져나온 카디건 소매를 팔락이며 반갑게 손을 흔들어 보였다.

"네, 안녕하세요~. ……여기요, 좀 춥지 않아요?"

마주 인사를 건네며 타박타박 부실로 들어온 잇시키가 우뚝 멈춰 서더니, 의아한 눈빛으로 유키노시타를 바라보았다. 그러자 유키노시타가 조금 난감한 미소를 지었다.

"그래. 오늘 히터 상태가 조금 안 좋아서."

"아, 그렇군요~."

무덤덤하게 대꾸한 잇시키가 의자를 들고 유키노시타 쪽

으로 다가갔다. 그리고 그대로 옆에 앉더니, 무릎 담요를 쭉쭉 잡아당겨 간이 인간 난로에 가세했다.

"자, 잠깐……."

갑자기 옆에 찰싹 달라붙자, 유키노시타가 당황한 건지 나무라는 건지 모를 목소리를 냈다. 하지만 잇시키는 그런 반응에도 아랑곳없이 "아이 따뜻해♪" 라고 혼잣말을 하며 꼬물꼬물 유키노시타와의 거리를 좁혀갔다.

"아, 좀 더 붙을까?"

"정말요~? 고맙습니다~."

유이가하마가 친절하게 제안하자, 잇시키가 애교스러운 목소리로 고마움을 표했다. 그리고 그만큼 유키노시타가 양쪽에서 사정없이 짓눌렸다.

그만해! 더 이상 유키농을 압박하지 마! 안 그래도 평평해서 가슴 시베리아 평원에 메마른 바람이 휘몰아치니까! 압박하더라도 최소한 모아주는 방향으로 해주렴!

차마 그렇게 부르짖을 수는 없었지만, 잇시키와 유이가하마의 샌드위치 놀이를 말려야 하나 말아야 하나 고민하는 와중에도 두 사람의 찌부짜부는 계속되었다.

"……휴우."

체념한 듯 한숨을 내쉰 유키노시타가 살짝 의자를 빼서 잇시키가 끼어들기 쉽도록 공간을 터주었다. 그러자 와아~ 하고 나직하게 기쁨의 탄성을 지르며, 잇시키도 의자를 꼼

질꼼질 움직여 유키노시타에게 착 달라붙었다.

그런 잇시키에게 성가시다는 시선을 보내면서도 그 손은 따로 노는지, 유키노시타가 퀼트 커버를 씌운 포트를 들어 종이컵에 홍차를 따라주었다.

"……홍차, 마시겠니?"

"아, 네. 고맙습니다~."

김이 모락모락 나는 종이컵을 받아든 잇시키가 손을 녹이듯 양손으로 컵을 쥐고 홀짝홀짝 마시기 시작했다. 으음, 너희들 따뜻해 보이는구나…….

그나저나 어째 요즘 들어 유이가하마뿐만 아니라 잇시키한테도 약해지신 거 아닌지요, 유키노시타 양…….

하지만 따지고 보면 유키노시타 입장에서는 난생 처음 가져보는 친구다운 친구와 후배다운 후배일 테지. 의젓한 선배처럼 굴려는 그 모습도 어딘가 훈훈했다.

따뜻해 보이는 여성 3인방을 고립된 동토에서 홀로 바라보는데, 따뜻한 홍차를 마시고 한숨 돌린 기색의 잇시키가 내게 살짝 고개를 숙여 보였다.

"아참, 선배님. 지난번에는 감사했어요."

"어, 그래."

적당히 대꾸하자, 유키노시타와 유이가하마가 무슨 소리냐는 듯 나를 돌아보았다. 윽, 어째 설명하기가 거북한데…….

그냥 둘이서 놀러간 것뿐. 단지 그것뿐인데도 구태여 「그냥 놀러간 것뿐이라고. 아무 일도 없었다고.」라는 구차한 설명을 유키노시타와 유이가하마에게 하자니, 뭔가 자의식 과잉인 것처럼 느껴졌다.

하지만 잠자코 있으려니 그것도 기묘한 죄책감이 들었다. 아니, 그런 죄책감을 느낀다는 것 자체가 상당한 자의식 과잉이잖아……. 징그러, 하치만 군. 소름끼쳐…….

그 결과 숨소리와 신음소리가 뒤섞인, 아무런 의미도 없는 숨결을 토해내는 게 고작이었다. 그런 내 반응이 수상쩍게 비쳤는지, 유키노시타는 눈살을 찌푸렸고 유이가하마는 나와 잇시키를 흘끔흘끔 번갈아 보았다.

한동안 기묘한 침묵이 부실을 지배했다. 분명 춥다고 생각했건만, 두피의 땀샘이 서서히 열리는 게 느껴졌다.

그런 분위기를 깨뜨리듯 잇시키가 흠흠 헛기침을 했다.

"그래서 말이죠, 제가 좀 생각해봤는데요~. 학생회에서 무가지를 만들어볼까 해요."

"뭐? 무가지?"

생뚱맞은 이야기를 꺼내는 잇시키를 유키노시타가 미심쩍은 표정으로 바라보았다. 그래도 나이스! 이로하스! 덕분에 두 사람의 시선에서 해방됐어…….

"무가지란 거, 그거 맞지?"

"네, 바로 그거에요."

유이가하마와 잇시키 사이에서 지시어로만 이루어진 대화

가 오갔다. 예전에 자이모쿠자가 상담하러 왔을 때 이야기 도중에 무가지에 대해 언급했기에, 그런 부실한 대화로도 충분히 그 뜻이 전해진 모양이다.

전해지지 않은 것은 그 의도다.

"그보다 갑자기 왜 무가지를……?"

유키노가 고개를 갸웃하며 묻자, 잇시키가 담요 밑에 넣었던 손을 꺼내 손가락을 까닥까닥 흔들며 설명했다.

"그게요, 학년말에는 결산을 하거든요~. 그래서 부회장과 다른 임원들이 그 자료를 취합했는데요, 알고 보니 올해는 학생회 예산이 의외로 많이 남았다더라고요~."

"호오……."

전임 학생회장은 메구리 선배다. 그쪽은 포근포근☆메구링이니만큼 돈 문제로 아등바등할 타입은 아니다. 예산이 남았다는 것도 어딘가 납득이 갔다.

하지만 현직 학생회장인 잇시키 이로하는 또랑또랑☆이로하스이니만큼 돈 문제도 꼼꼼하게 따질 테지…….

그렇게 생각했을 때, 아니나 다를까 잇시키가 가슴 앞에서 살짝 손뼉을 치더니 활짝 미소 지으며 말했다.

"기왕 있는 돈, 깨끗이 써버리는 편이 낫잖아요~? 그래서 금액만 보니까 무가지 정도면 딱 맞을 거 같아서요~."

"그렇다고 일부러 일거리를 늘릴 필요는 없잖냐……."

찝찝해……. 설령 예산이 남아돈다 한들 자진해서 일을

하겠다니, 아무리 봐도 찝찝해……. 저 녀석, 분명 뭔가 꿍꿍이가 있구만……. 그렇게 생각하며 의혹의 눈길을 보내자, 잇시키가 얼버무리듯 아하핫 해맑게 웃었다. 저, 점점 더 수상해지는데…….

"그치만 이로하, 남았음 모으는 편이 낫지 않아? 저축은 중요하다구."

유이가하마가 타이르듯 말했다. 엄마 같은 소리를 하는구만, 이 녀석…….

하지만 만약 그게 잇시키 개인의 여윳돈이라면 정론이다. 문제는 그게 잇시키의 쌈짓돈이 아니라 학생회 공금이라는 점이다.

이야기를 듣고 있던 유키노시타도 그 사실을 깨달았는지, 흐음 턱을 매만지며 천천히 입을 열었다.

"그럴 수도 없겠지."

"웅? 왜?"

유이가하마가 유키노시타의 어깨에 머리를 기대듯 고개를 갸웃하며 물었다.

"다 쓰지 못하면 이듬해부터 예산이 삭감될 가능성이 있으니까. 만약 내게 예산 결정권이 있다면 가장 먼저 감축할 거야."

"맞아요! 바로 그거에요! 그러니까 제 내년 예산을 확보한다는 의미에서도 지금 화끈하게 써버리는 편이 낫잖아요~?"

그 설명에 잇시키가 유키노시타 쪽으로 스슥 다가앉았다. 그리고 동의를 구하듯 애교스럽게 그 품으로 파고들었다.

"비좁아……."

곤혹스러워하는 기색이 역력한 가냘픈 목소리가 들려왔다. 사이에 끼어버린 유키노시타의 자세는 만원 전철에 탔을 때처럼 불편해보였다. 그래그래, 알콩달콩 훈훈하구나.

그야 잇시키의 주장에도 일리는 있다. 딱히 잇시키한테 주는 돈은 아니지만. 제 예산이라니 뭐냐고……. 학생회 예산이잖아. 다만 그 예산 범위에서 해결된다면, 무가지를 발행하는 것 자체야 상관없겠지.

"뭐, 괜찮지 않겠냐? 어떤 걸 만들려는 건지는 몰라도."

반쯤은 될 대로 되라는 심정으로 대꾸하자, 잇시키가 유키노시타한테서 몸을 떼더니 나를 돌아보았다.

"아, 그건 대충 정해놨어요~. 놀 만한 곳이랑 맛있는 밥집, 아기자기한 카페 같은 걸 소개해보면 어떨까 하는데요~."

"아, 그거 괜찮다! 또 옷이나 잡화에 관한 것두 들어감 좋을지두~!"

"그렇다면 단체 소식지나 지역 정보지에 가깝겠구나. 내용으로 봐서 수요가 있을 것 같기는 하지만……."

잇시키의 아이디어에 흥분한 유이가하마가 바짝 다가앉았다. 덕분에 유키노시타의 자리는 더 좁아지고 말았다.

그나저나 놀 만한 곳과 맛있는 밥, 아기자기한 카페

라……. 어디선가 들어본 적이 있는 거 같은데. 뭐더라? 『인간은 좋겠다』[#16]인가? 놀 만한 곳과 맛있는 밥집, 아기자기한 카페가 맞아주겠지? 밥 말고는 하나도 맞는 게 없잖아. 그럼 아닌가?

"지역 정보지면 『치바 워커』 같은 거 말야?"

유이가하마가 잇시키 쪽으로 몸을 돌리며 묻자, 잇시키가 "네네, 맞아요~." 라고 수긍하며 상체를 내밀었다. 마침내 두 사람에게서 해방된 유키노시타가 나직하게 한숨을 쉬었다.

잇시키의 설명은 계속되었다.

"정보지 계통이면 그냥 놀러가도 취재 명목으로 경비를 팍팍 뜯어낼 수 있잖아요~?"

깜찍☆하게 웃으며 돼먹지 않은 소리를 늘어놓는다. 야야, 팍팍 뜯어내다니……. 유저한테 추가 결제를 못 시켜서 안달 난 웹 게임 개발자도 아니고…….

유키노시타와 내가 경악하는 사이, 유이가하마가 고개를 갸웃했다.

"경비……?"

설마 수위 아저씨로 오해한 건 아니겠지……. 유이가하마를 뺀 모두가 뜨악해하는 기색을 느꼈는지, 잇시키가 뾰로통하게 볼을 부풀렸다.

#16 인간은 좋겠다 애니메이션 「일본 옛날이야기」의 엔딩곡. 가사에 「맛있는 간식과 따끈따끈한 밥. 귀가하는 아이를 맞아주겠지」라는 구절이 있음.

"선배님이 전에 그러셨잖아요~. 어차피 경비니까 마음껏 쓰라고요."

그러자 유키노시타가 내게 싸늘한 눈빛을 보냈다.

"하여튼 나쁜 것만 가르치는구나……."

"잠깐, 난 그런 말 한 적 없다만."

반론을 시도했지만, 잇시키는 단호하게 고개를 저으며 못마땅한 기색으로 나를 바라보았다.

"했어요. 크리스마스 행사 준비할 때 분명히 들었다고요."

그런 소리를 했던가……? 그때는 타교와의 합동 행사였고, 저쪽 학교 경비는 사양하지 말고 펑펑 써도 된다고……했구나. 응, 그러네. 하나를 가르치면 열을 아는 이로하스 무서워라. 그보다 제 말을 완전히 곡해했습니다만, 이 아가씨…….

"잇시키, 네가 하려는 일은 학생회의 사유화로 해석될 소지가 있어."

"하지만 우리 학교 학생들도 무가지를 통해 다양한 정보를 얻을 수 있고, 저도 즐거우니까 윈윈인 셈이잖아요~?"

유키노시타가 쓴소리를 했지만, 잇시키는 천연덕스러운 표정으로 응수했다. 어머! 얘도 참, 타마나와 군에게서 나쁜 것만 배워 와서는……. 그런 남자와 교제하다니, 이 아버지는 허락 못한다!

"그렇게 말하니까 나쁜 일은 아닌 거 같아……."

유이가하마가 우움~ 하고 신음했다. 그야 본인의 즐거움이 전체의 이익으로 이어진다면 딱 잘라 부정행위라고 정의할 수도 없는 노릇이다. 취미와 실익을 겸하는 것은 가장 이상적인 업무 방식의 하나라 해도 과언이 아니니까.

잇시키가 터무니없는 생떼를 쓰는 게 아니라는 점은 이해했다. 그렇다면 나머지는 현실성의 문제겠지.

팔짱을 끼고 뭔가를 곰곰이 따져보는 기색이던 유키노시타가 천천히 입을 열었다.

"하지만 그걸로 경비 정산 신청을 하면 통과가 될까……?"

"아이참, 유키노시타 선배님도. 그걸 통과시키는 게 회계가 할 일 아니겠어요~?"

뭘 그런 당연한 걸 묻느냐는 듯 우후훗 웃으며 잇시키가 대답했다. 역시 터무니없구만, 이 녀석……. 하긴 문제가 생기면 책임을 지는 사람은 잇시키일 테니 상관없지만. 경비 정산을 통과시키는 게 회계의 역할이라면, 최종적으로 목이 날아가는 건 책임자의 역할이니까! 책임자는 책임지는 게 일이지!

잇시키에게 그런 인식이 있는지는 미지수지만, 그런 부족함을 메우고도 남을 만큼의 열의는 있는 눈치였다.

"그래서 문제의 무가지 말인데요……. 어떻게 만들면 좋을까요~?"

다시 대화의 주도권을 잡은 잇시키가 이게 본론이라는 듯 물었다. 으음, 있는 거라곤 열의뿐이구만…….

"그걸 여기서 물어본들 알 리가 있겠냐……. 우리한테 무가지를 만들어본 경험이 있는 것도 아니고……."

"그러게……. 노하우는 전무하다고 해도 과언이 아니구나."

유키노시타가 동의하자, 옆에서 듣고 있던 유이가하마가 뭔가 생각났는지 손뼉을 쳤다.

"아, 그치만 전에 지역 정보지 기사를 쓰긴 했잖아."

"아, 맞다. 그랬지 참……."

내 기억이 맞는다면 히라츠카 선생님이 가져온 일거리였다. 지역 활성화인가 뭔가를 위해 지역 정보지를 만들기로 했다며, 젊은 세대를 겨냥한 결혼 특집 중 한 꼭지를 맡게 되었던 것이다. 그때도 온갖 생고생을 했더랬지.

기억을 더듬어가며 나직하게 대꾸하자, 옆에서 듣고 있던 잇시키가 반색을 하며 몸을 불쑥 내밀었다.

"앗, 그거 좋은데요?! 뭔가 잘 될 거 같은 느낌이 들지 않아요?!"

"그때는 단순히 남은 페이지를 메꾼 것뿐이니까. 완전히 백지 상태에서 새로 만드는 건 또 상황이 다르지. 무리야."

유키노시타가 달래듯 말하자, 시무룩하게 도로 자리에 앉은 잇시키가 어깨를 축 늘어뜨리고 눈만 빼꼼 들어 유키노시타를 올려다보았다.

"……그런가요~?"

"그래."

냉정하게 대꾸했지만, 잇시키가 우웃~ 하고 원망스러운 표정으로 조르는 듯한 시선을 보내오자 유키노시타도 말문이 막힌 기색으로 슬그머니 고개를 돌렸다. 아차! 큰일이다! 이대로 놔뒀다간 유키노시타가 넘어갈 게 불 보듯 뻔하잖아!

유키노시타는 체계적인 논리와 언변에는 가차 없이 대처하지만, 감정적인 말이나 행동으로 밀어붙이면 생각보다 쉽게 무너진다. 근거는 평소 유이가하마와의 실랑이.

잇시키가 애처로운 눈으로 가만히 쳐다보자, 유키노시타가 거북한 듯 몸을 뒤틀었다. 그때 유이가하마가 둘 사이로 끼어들었다.

"있잖아, 그 무가지? 라는 걸 만드는 법 말야, 한번 자세히 알아봄 어때? 그런 걸 잘 아는 사람한테 물어본다거나, 도움을 받아서……. 그럼 우리두 같이 할 수 있잖아!"

"유이 선배님, 역시 친절하세요!"

온정 어린 조언에 잇시키가 기쁜 듯 미소 지었다. 하지만 사실 따지고 보면 말투는 다정할지언정, 그 내용은 다음에 다시 오라는 축객령이나 다름없었다.

역시 유이가하마다. 본인이 유키노시타한테 응석부리는 법을 숙지하고 있는 만큼, 잇시키의 애원 공격도 효과가 없는 눈치였다.

“그래, 유이가하마 말이 맞아. 정 하고 싶으면 어느 정도 시간을 들여서 준비하는 게 좋지 않겠냐?”

우리 셋이 한결같이 난색을 표하자, 잇시키의 눈썹이 팔자로 처지며 곤란한 표정이 되었다.

“그게요, 그럴 수가 없거든요~.”

“어째서?”

내 말에 잇시키가 고개를 수그렸다. 그리고 착잡한 목소리로 중얼거렸다.

“……결산이 얼마 안 남았으니까요.”

뭔가 굉장히 심각한 이야기를 들어버린 느낌이 들었다.

맞다, 결산을 앞둔 시기였지. 실제로 우리 엄마아빠만 해도 평소의 곱절은 바쁜 눈치였다.

사축 여러분은 이 기간에 이것저것 해야 할 일이 많은 모양이다.

진실이 나와 있다고 항간에 소문이 자자한 인터넷에 따르면, 2월과 3월에 블루레이 박스와 OVA 등의 판매가 집중되는 이유 중 하나도 결산이 가깝기 때문이라나 뭐라나.

하긴 비단 애니메이션 업계에 국한된 이야기도 아니다. 이 시기는 사업 계획상의 목표치를 달성하기 위해 연내에 매출을 올리고자 물량공세를 감행하는 일도 흔하다고 들었다. 출처는 우리 파파와 마마. 오늘도 뼈 빠지게 구르고 계시겠지…….

“저도 자세한 사정은 모르지만요~. 금년도 결산에 우겨 넣으려면 3월 초의 경비 정산까지 타이밍을 맞출 필요가 있다나 봐요. 2월 초에 있는 정산은 이미 끝났으니까, 지금이 아니면 안 된다고요!”

잇시키가 다급한 말투로 손짓발짓을 곁들여가며 열정적으로 설명해주었다. 그 몸짓은 무척 귀여웠지만, 결산이니 경비니 우겨넣는다느니 하는 말이 나오니 귀여움이 싹 가시는 느낌인걸…….

어쨌거나 시간이 촉박하다는 사실만큼은 똑똑히 이해했다. 이달 안으로 청구서와 영수증을 갖춘 다음, 다음 달 초 정산에서 그것을 처리한다.

그 말은 곧 이달 안에는 작업을 마쳐야 한다는 소리인가…….

달이 바뀐 지가 얼마 되지 않았다고는 하나, 2월은 안 그래도 짧다. 그런 와중에 제아무리 무가지라지만, 아무런 기반도 없는 상태에서 잡지 하나를 만들어내기는 지극히 어렵다.

“죽었다 깨어나도 불가능해. 포기해라.”

내 대답에 유키노시타가 잠자코 고개를 끄덕였고, 유이가 하마도 어쩔 수 없다는 듯 난처한 기색으로 쓴웃음을 지었다. 몸을 앞으로 내밀고 올망올망한 눈을 빼꼼 들어 이쪽을 봐도 안 되는 건 안 된다. 나는 천천히 고개를 가로저었다. 그러자 잇시키가 조용히 자리에서 일어섰다.

"선배님……. 잠깐 상의할 게……."

그렇게 목소리를 낮추어 선언하고 소리 없이 다가와 내 앞에서 걸음을 멈추더니, 앉은 채인 나를 내려다보듯 섰다. 바로 앞에 있으면서, 잇시키가 망설이듯 슬쩍 눈을 피했다.

"상의할 거라니, 뭐냐……?"

물어봐도 잇시키는 묵묵부답이었다. 유키노시타와 유이가하마도 미심쩍은 눈으로 잇시키를 쳐다보았다.

당혹스러워하는 우리를 내버려둔 채, 갑자기 잇시키가 재킷 단추를 하나씩 풀기 시작했다. 엇, 뭐야. 이 녀석 왜 이래?

나뿐만 아니라 유키노시타와 유이가하마도 얼빠진 기색이 역력했다. 그보다 얘 진짜 뭐하는 거냐. 꺄아 난 몰라 뭐야 설마 벗으려는 건 아니지?! 곤란해!

잇시키가 재킷을 벗으려고 몸을 뒤틀자, 뭔가를 억누르는 듯한 숨결이 새어나왔다. 급기야 그 손이 분홍색 카디건 안으로 들어가더니, 블라우스 가슴께에서 꼬물꼬물 움직이기 시작했다.

"으음……."

잇시키가 가냘픈 목소리를 내며 블라우스를 헤집었다. 그때마다 느슨하게 파인 목덜미에서 도드라진 쇄골이 얼핏얼

핏 드러났다. 코앞에서 그 모습을 직시하기가 껄끄러워 시선을 돌렸지만, 옷자락 스치는 소리와 숨결만 더욱 생생하게 들려올 따름이었다.

"뭔지는 몰라도 저쪽에서 해라, 저쪽에서."

고개를 숙이고 훠이훠이 손을 내저어 최대한 거리를 두려고 애쓰는데, 잇시키가 아까보다 한층 깊은 숨결을 토해냈다.

"아, 찾았어요."

그렇게 말하며 조심스레 꺼내든 것은 몇 장의 종이쪼가리였다. 그리고 다른 한쪽 손을 뻗어 살며시 내 손을 잡더니, 그 종이를 꽉 쥐어주었다.

불시에 와 닿은 잇시키의 손. 가늘고 나긋나긋한 손가락과 신기하리만큼 보들보들한 여자 살결 특유의 감촉에 놀라 뻣뻣이 굳어 있는데, 잇시키가 쓱 손을 뗐다. 그러자 손아귀에는 희미한 온기가 감도는 종이만이 남겨졌다.

그 미약한 온기가 잇시키의 체온임을 인식하자, 손바닥이 축축하게 젖어들었다. 야무지게 쥐어준 주먹을 머뭇머뭇 펼쳐보았다.

종이는 몇 장 되지 않았다. 쭉 훑어보니, 낯익은 글자들이 눈에 들어왔다. 맨 위에는 영수증이란 글씨가 인쇄되어 있고, 그 밑에는 볼링장과 카페 이름이 적혀 있었다. 그것도 모자라 라면집 식권까지 있었다.

이건 설마…….

화들짝 놀라 고개를 들자, 배시시 웃는 잇시키와 눈이 딱 마주쳤다.

보셨나요? 보셨죠? 그럼 이제 이해하셨겠네요? 라고 말하는 듯한 미소로 봐서는 굳이 길게 설명할 필요도 없으리라.

잇시키가 슬그머니 손을 내밀어 영수증 반납을 요구했다. 시키는 대로 얌전히 되돌려주자, 공손하게 받아든 잇시키가 그것을 도로 블라우스 가슴 포켓에 곱게 집어넣었다.

"그래서 말이죠, 선배님. 상의할 게 있는데요……."

나긋나긋하게 감겨드는 목소리로, 잇시키가 아까와 비슷한 말을 했다.

잇시키의 의도는 대충 이해했다. 나 역시 공범 관계임을 시사하고 싶었던 모양이다. 하지만 나하고는 상관없는 일일 터였다. 내 몫은 내가 냈고, 금전적으로 혜택을 받은 기억도 없다. 그런데 어째서 이렇게 양심이 켕기는 걸까요……. 실제로 나름대로 즐겁긴 했고, 그렇다면 넓은 의미에서는 경비의 혜택을 받았다고 볼 수 있나? 아니, 하지만……. 그래도…….

잇시키가 하도 자신만만하게 영수증을 내민 탓인지, 나도 점점 뭔가 떳떳하지 못한 짓을 한 것 같은 기분이 들기 시작했다. 자백을 강요당해 누명을 쓴 피해자의 심정을 조금은 알 것 같은 기분이 드는걸…….

가볍게 헛기침을 하고 잇시키를 돌아보았다. 여기서는 형량 거래[#17]로 나가도록 하자고!

"……이, 일단 자세한 설명을 들어볼까?"

"뭔가 협박에 넘어갔어?!"

"휴우……."

경악에 찬 유이가하마의 외침과 기막혀하는 유키노시타의 한숨 소리가 하나로 어우러졌다.

× × ×

자세한 설명을 위해 잇시키가 자료를 가지러 학생회실로 간지도 제법 시간이 흘렀다. 잇시키가 돌아오기를 기다리는 사이, 유키노시타가 새로 홍차를 타주었다.

김이 피어오르자, 은은한 홍차 향기가 부실 안으로 퍼져나갔다. 히터는 여전히 꺼져 있지만, 홍차의 온기와 덧입은 겉옷 덕분에 추위도 그럭저럭 참을 만해졌다.

"많이 기다리셨죠~?"

드르륵 힘차게 문이 열리며, 잇시키가 서둘러 부실로 들어왔다.

그리고 품에 안고 온 클리어 파일을 책상에 내려놓더니, 자료로 보이는 서류다발을 부스럭부스럭 펼쳐놓기 시작했

#17 형량 거래 미드에서 자주 볼 수 있는 제도로, 범죄자가 수사에 협조하는 대가로 형량을 감면해주는 것.

다. 그 눈동자는 크리스마스를 앞두고 장난감 가게 전단지를 들여다보는 어린아이처럼 설렘과 흥분으로 반짝반짝 빛났다.

그런 모습을 보고 있노라면 어떻게든 무가지 발행을 성공시키고픈 마음도 들지만, 단순히 기합과 근성과 열정 같은 정신론만으로 해결될 문제가 아니다.

우선 현재 상태를 정확하게 파악해야 한다. 원래 일이란 상황을 정확하게 이해하면 할수록 궁지에 몰리게 되어 있는 법이니까.

자금과 스케줄이 빠듯하면 애초에 실현 불가능하고, 그런 어려움을 감수하고 무리하게 강행했다간 의욕이 떨어진다. 반대로 자금과 스케줄에 여유가 있으면 누워서 떡먹기라며 방심했다가 결국 막판에 피를 보기 마련이다. 꺄아, 이게 뭐람. 일거리가 생겨난 시점에서 파국은 예정된 거나 다름없잖아……?

하지만 그렇기에 오히려 자신의 능력을 정확하게 파악하고, 분에 넘치는 일감은 아예 받지 않는 게 상책이다. 도저히 거부할 수 없는 경우라면, 그 업무량을 최대한 줄이는 방향으로 협상을 거듭해야 마땅하다. 봉사부라는 강제적인 노동 환경에서 1년 가까이 이리저리 구른 끝에 얻어낸 귀중한 깨달음이라니까, 이거.

잇시키가 자료 준비를 마치기를 기다렸다가 입을 열었다.

"먼저 일러두겠는데, 아직 하기로 결정한 건 아냐. 일단 구체적으로 뭘 어떻게 할 생각인지 들어보고, 그 내용에 따라 가능한지를 따져볼 테니까."

"네, 그거면 충분해요!"

대답하는 목소리는 활기찼고, 얼굴에도 밝은 미소가 감돌았다. 후이잉……. 그렇게 반짝반짝 기대에 부푼 눈빛으로 바라보면 거절하기 힘들어지잖아…….

말문이 막혀 으그극 신음하는데, 나를 대신해서 나서주기로 한 건지 유키노시타가 설명을 진행시키고자 운을 뗐다.

"그러면 우선 제작 사양부터 들려주겠니?"

"네. 그게요, 지난번 크리스마스 행사 때 인쇄물 제작을 맡겼던 인쇄소가 있어서요, 거기다 연락해서 이것저것 알아봤거든요~?"

그렇게 말하며 잇시키가 자료 몇 장을 스슥 꺼내들었다. 보아하니 팸플릿과 견적서 같았다. 그나저나 이 녀석, 벌써 인쇄소와 접촉하다니 계획성은 전혀 없으면서 행동력 하나만큼은 끝내주는구만…….

"그랬더니 이걸 추천하더라고요……."

잇시키가 팸플릿의 한 지점을 가리키자, 유키노시타가 옆에서 고개를 내밀어 들여다보았다.

"풀 컬러 8페이지……? 하여튼 통도 크구나……."

두통을 억누르듯 유키노시타가 관자놀이에 손을 얹었다.

그 옆에서 잇시키가 에헤헷 멋쩍은 미소를 지었다.

"아뇨, 그게요. 이야기하다 보니까 자연스럽게 그걸로 결정돼버렸지 뭐예요~."

"도대체 어떤 이야기를 하다 보면 그렇게 되는 거냐……."

어이없어하는데, 잇시키가 뺨을 볼록 부풀리며 항변했다.

"……하지만 어른이 뭐라고 하면 일단 네~ 라고 대답하게 되잖아요~?"

"응응, 알 거 같아."

유이가하마가 흠흠 고개를 끄덕이며 전적으로 동의했다. 으음, 이 세상 무서운 줄 모르는 핏덩어리들 같으니……. 나중에 못된 어른이나 선배의 꼬임에 빠지는 게 아닐까 진심으로 우려되는데.

"발행 부수는 예산에 맞추어서 결정한다 치고……. 학교라면 보관할 곳도 넉넉하고 처분할 때도 재활용 쓰레기로 내놓으면 되니까……. 재고 발생 위험은 고려하지 않아도 되겠구나."

한편 유키노시타는 두 사람의 대화에는 신경 쓰는 기색조차 없이, 마음 가는 대로 자료를 살펴보며 중얼중얼 혼잣말을 늘어놓았다. 으음, 이 디스커뮤니케이션 양 같으니……. 댁도 또 다른 의미로 걱정되거든요?

팸플릿을 정독하던 유키노시타가 고개를 들더니, 살펴보던 자료를 내 쪽으로 쓱 내밀었다. 그것을 받아들고 팔랑팔랑 넘겨보았다. 그곳에는 인쇄에 이르기까지의 과정이 간략하게 실려 있었다.

"디자인 작업과 제출 데이터 작성은 인쇄소에서 담당한다……. 그렇다면 전체적인 페이지 구성과 개략적인 디자인 지시만 하면 되겠구나."

"오호라, 그럼 저번에 지역 정보지 기사를 썼을 때하고 큰 차이는 없겠는데."

요컨대 알맹이만 똑바로 되어 있으면 문제없다는 뜻이다. 그래봤자 사진과 기사의 문장을 확실하게 픽스(fix)시킬 필요가 있다는 점은 변함없다. 그나저나 픽스라는 말에서 느껴지는 의식 있는 지성인의 향기는 범상치 않은 수준.

"그때보다는 페이지 수가 훨씬 많지만……."

그렇게 뇌까리는 유키노시타의 음성에서는 약간의 비장함이 묻어났다. 그러자 유이가하마가 밝은 목소리로 입을 열었다.

"그치만 이번엔 학생회 사람들두 있으니까, 다 같이 나눠서 하면 어떻게든 되지 않을까?"

"흐음, 하긴. 어느 정도는……."

막 입을 열었을 때, 시야 한쪽에서 잇시키가 슬그머니 고개를 돌리며 껄끄러운 표정을 짓는 게 보였다.

"……."

"……잇시키? 왜 말이 없니?"

유키노시타가 다정한 목소리와 따스한 눈빛으로 생긋 미소 지었다. 그런데 신기하게도 그 속에서 온기라곤 느껴지지 않았고, 보기만 해도 간담이 서늘해졌다. 그러니까 무섭다고, 너…….

겁먹기는 잇시키도 마찬가지였는지, 아니, 잇시키가 훨씬 더 당황했는지, 마구 허둥거리며 대꾸했다.

"앗! 아, 아뇨! 그게요…… 지, 지금 결산 때문에 다들 조~금 정신이 없어서요, 그게 끝나면 문제없으려나? 싶기는 한데요……."

"……한마디로 이번 일에 관해서는 도움을 기대할 수 없다는 뜻이구나."

"네……."

힘없이 한숨을 쉬는 유키노시타를 보며, 잇시키가 면목없다는 듯 어깨를 축 늘어뜨렸다.

"그, 그렇담 할 수 없지 뭐. 혹시 일손이 달림 친구한테 부탁해서 도움을 받을 수 있을지두 모르구……. 그니까 그런 건, 우움…… 적당히 상황 봐가면서 하자구!"

유이가하마가 주먹을 불끈 움켜쥐며 격려하듯 말했다. 하지만 저 녀석이 말하는 적당이란 십중팔구 적절하고 타당하다는 의미는 아닐 테지요…….

어쨌거나 전체 업무량과 분량은 알았다. 작업에 동원할 수 있는 최저 인원도 파악했다. 그 밖에 꼭 알아둬야만 하는 게 바로 스케줄이다. 그것만 알면 실행 가능한지의 여부도 판단할 수 있을 테지.

이달 안이라는 개략적인 일정은 들었지만, 보다 상세한 작업 스케줄을 짜둘 필요가 있었다.

"그래서 구체적으로는 언제까지 마쳐야 되는 거냐?"

"이제 금방이에요, 금방."

잇시키가 스케줄 표를 꺼내 톡톡 두들겼다.

"지금 남은 예산에 딱 맞는 게요, 조기 할인이란 요금제인가 봐요~. 그리고 그걸로 하려면, 인쇄소에는 2월 중순까지는 원고? 데이터? 뭐 그런 걸 넘겨야 된대요."

호오, 조기 할인. 그런 것도 있었나. 예산 잔고와 합치된다면 별 문제는 없을 테지. 게다가 경비 정산 타이밍에도 딱 들어맞을 테고. 이로하스는 역시 운용의 달인이라니까!

애써 현실도피를 시도했으나, 그런다고 마음에 걸리는 단어를 깨끗이 무시할 수는 없었다.

어라? 2월 중순? 그렇게 생각하며 고개를 비스듬히 꼬는데, 잇시키가 조그만 목소리로 띄엄띄엄 덧붙였다.

"……그러니까 앞으로 2주일…… 남은 셈인데요."

"엉? 야야, 그건 안 되지. 2주일이라니, 그건 무리야 무리."

재깍 대답하며 휘휘 손사래를 치자, 맞은편에 앉은 유키노시타도 천천히 고개를 끄덕였다.

"그래, 현실적인 일정은 아니구나. 거기다 추가로 게재 내용과 관련된 관계 각처의 감수와 확인을 받는다 치고, 그 수정 사항 반영 등등을 포함하면 일주일은 잡아야 할 테니까."

"더 짧아졌잖아?!"

유이가하마가 소스라치게 놀라며 유키노시타를 돌아보았다.

"어디까지나 이 계획을 실현시킬 경우를 가정한 이상적인 스케줄이야. ……물론 시작점부터 이미 이상적인 것과는 거리가 멀지만. 예기치 못한 사태에 대비한다는 의미에서도 일정을 앞당겨 진행하도록 노력해야겠지."

유키노시타는 논리정연하고 담담하게 설명을 이어갔지만, 자기가 한 말일지언정 현실성이 떨어진다는 사실은 아는 눈치였다.

"……물론 이 의뢰를 수락할 경우에 한해서지만."

그렇게 덧붙이고는 확인하듯 내 얼굴을 흘끗 곁눈질한다. 최종 결정은 내게 맡길 심산인가 보다. 상당히 가혹한 스케줄이란 건 충분히 상상이 가지만, 죽어도 불가능하다고 단정 지을 수는 없다.

일주일이라……. 잠깐, 주말은 쉬니까 활동 못한다 치고, 오늘이 무슨 요일이더라……? 남은 날짜를 세어보려 했으나, 좀처럼 계산이 안 되었다. 어라~? 하치만 군, 그렇게 암

산에 약했던가~?

물론 머릿속에는 명확한 숫자가 깜빡였지만, 마음은 완강하게 그것을 인정하기를 거부했다.

"저기, 좀 세어봐 줬으면 한다만, 그럼 이제 마감까지 며칠 남은 거냐……?"

"우움……."

유이가하마가 입을 헤 벌리고 천장을 바라보며 손가락을 하나둘 꼽아나가기 시작했다. 이내 그 표정이 와락 일그러졌다.

유키노시타가 애처로운 눈빛으로 우리를 바라보았다.

"……세어보지 않는 편이 그나마 일말의 희망이라도 보일 거라고 생각하는데."

"그렇게 말하는 시점에서 이미 희망 따윈 없다고……."

이건 무리 같아? 같아? 하고 잇시키를 흘끔흘끔흘끔 곁눈질하자, 천하의 잇시키도 표정이 어두워졌다.

"……역시…… 안 되나요?"

잇시키가 슬픔을 억누르듯 가냘픈 목소리로 띄엄띄엄 물었다. 눈동자에는 물기가 가득했고, 숨결에는 열기가 담겨 있었다. 치맛자락을 꼭 움켜쥔 손이 가늘게 떨렸다. 가녀린 어깨가 움찔하더니, 천천히 고개를 들어 조심스레 내 눈을 바라본다. 그 동작 하나하나에 간절한 소망이 담긴 것처럼 느껴져, 어떻게든 도와주고 싶은 충동이 일었다.

하지만 그렇게는 안 되지! 그런 식의 눈물 작전은 코마치 때문에 이미 이골이 났다고! 그 녀석과 같이 자라다 보면 싫어도 저항력이 생긴다니까! 그래서 선뜻 받아들이는 데도 익숙하다지요, 네네.

"앞으로 며칠 안에 어떻게든 끝내면 된단 말이지……?"

무심코 평소에 코마치를 상대할 때와 같은 반응을 보이고 말았다. 아아, 밉다! 이놈의 오빠 근성이 미워!

"고맙습니다~."

잇시키가 활짝 웃으며 감사의 뜻을 전했다. 반면 그 옆에 계신 분은 그야말로 서릿발 같은 시선을 보내시고는 깊디깊은 한숨을 쉬셨습니다.

"……여전히 무르구나."

"우, 우움……. 그치만 그게 힛키의 장점이기두 하니까……. 단점이기두 하지만."

난처한 기색으로 웃으며 유키노시타를 달래는가 싶더니, 유이가하마도 냉랭한 눈으로 흘끗 나를 흘겨보았다.

죽을죄를 지었습니다……. 이런 일에 끌어들여 폐를 끼쳐서……. 반사적으로 두 사람에게 사과해버릴 뻔했으나, 사실 따지고 보면 잇시키가 의뢰한 일이다. 내 잘못이 아냐. 잇시키 잘못이라고.

그렇게 생각하며 시선을 돌리자, 안도의 한숨을 지으며 쓸어내리기 편해 보이는 가슴을 쓸어내리는 잇시키가 보였다.

"휴우, 진짜 덕분에 살았어요~. 지난번 그거요, 경비만 철석같이 믿고 있었거든요~."

방금 전까지의 기특한 태도는 어디로 사라졌는지, 손바닥 뒤집듯 싱글벙글 웃는 게 무진장 행복해 보였다. 그야 이렇게 될 거라고 어렴풋이 짐작하긴 했으니 딱히 상관은 없지만.

그래도 기왕 연기를 할 거면 끝까지 영악하게 연기해주길 바랐다고! 정말이지 꿈도 희망도 없다니까.

× × ×

상당히 고된 일정이기는 하지만, 가까스로 스케줄은 잡혔다. 비용 관리는 추후 진행 상황에 따라 달라질 테지만, 현재 시점에서 예산에는 문제가 없다.

그러나 가장 중요한 부분인 무엇을 할 것인지가 아직 확정되지 않은 상태였다.

"그럼 지금부터 기획 회의를 시작하겠습니다~."

잇시키가 살짝 늘어지는 목소리로 개회를 선언하자, 유이가하마만 짝짝 박수를 쳐주었다. 시작은 잇시키가 했지만, 이내 어떡할까요? 라고 묻듯 유키노시타를 바라보았다.

그 시선에 유키노시타가 턱으로 손을 가져갔다.

"우선 컨셉부터 정해야 하지 않겠니?"

"그건 아까 이로하가 이야기한 걸루 하면 되는 거 아니야? 이 동네의 놀거리랑 맛집을 소개한다구 했던 거."

"아, 맞아요! 그게 좋아요! 이것저것 취재해서 경비를 타낼 수 있을 만한 기획이 좋겠어요!"

유이가하마의 견해에 전면 동의하는 것처럼 보이지만, 어째 염불보다는 잿밥에 더 관심이 많은 것처럼 느껴집니다만…….

두 사람의 의견을 들은 유키노시타가 가볍게 고개를 저었다.

"시간적인 여유가 있다면 그것만으로도 충분하겠지만, 이 상황에서 여덟 페이지를 채우기는 벅차. 다른 내용도 넣지 않으면 안 돼."

"또 뭐 하고 싶은 거 없어?"

유이가하마의 물음에 잇시키가 팔짱을 끼더니 고개를 좌우로 꼬았다. 그렇게 한참을 끙끙대다가 불쑥 입을 열었다.

"……없는데요?"

그 대답에 유키노시타가 힘없이 어깨를 떨구었고, 유이가하마는 쓴웃음을 머금었다. 하긴 뭐 어쩔 수 없나…….

유키노시타가 제시한, 컨셉부터 결정하는 방식은 완벽한 정공법이다. 그 컨셉을 실현하기 위한 수단으로 무가지 발행에 이르는 것이야말로 정상적이고 올바른 수순이라 할 수 있다. 그러나 잇시키의 경우, 무가지 발행 자체가 목적이다 보니 컨셉은 나중에 끼워 맞춘 거나 다름없다.

지금 따져봐야 할 것은 기반이 되는 발신자 측의 컨셉이 아니라, 최종적으로 제작되어 수신자가 받아들이는 컨셉, 그 이미지다.

"스타트 라인이 모호하다면 골인 지점에서부터 거슬러 올라가는 편이 빠르지 않겠냐?"

"네에?"

의도가 제대로 전달되지 않았는지, 잇시키가 고개를 직각으로 꺾고 가느다란 눈초리로 나를 쏘아보았다. 진짜 사람 열 받게 하네, 이 녀석……. 이래봬도 내 나름의 조언이었다고…….

다만 잇시키는 못 알아들었어도 유키노시타는 정확히 이해한 눈치였다.

"골인 지점이란 즉 독자를 가리키는 거니?"

"그래. 먼저 타깃을 좁히고, 그 사람들이 읽을 만한 걸 만들면 된다고."

"읽는 사람……. 있잖아. 이거, 학교에서 나눠주려는 거 맞아?"

유이가하마의 물음에 잇시키가 고개를 끄덕였다. 하긴 나중에야 어떻게 될지 몰라도, 일단 시험판 내지 창간호는 학교 내에서만 배부하는 게 낫겠지.

흐릿하게 떠오른 독자상을 차츰 구체화해나간다.

"그리고 시기는 3월일 거 아냐? 그럼 3학년은 졸업해버릴 테니, 지금의 1~2학년생이 메인 타깃이겠네."

"간행 페이스에 따라서는 신입생도 대상이 되겠구나."

"아, 왠지 이런 건 신입생이 더 많이 받아줄 거 같아!"

"하긴 신입생이 호기심에 가져갈 가능성이 크겠네요."

세 사람의 의견이 같은 방향으로 수렴되어 간다. 그럼 이제 메인 타깃은 결정된 셈이다.

대상을 추려냈으면 그에 맞는 기획을 짜고 방향성을 수정해나가기만 하면 된다.

메모하던 유키노시타의 손이 멎더니, 자기가 쓴 내용을 되짚어보며 입을 열었다.

"신입생이 대상이라면 우선 학교 소개를 테마로 잡고, 그중 한 꼭지를 할애해서 지역 명소 소개……. 그렇게 하면 어느 정도 모양새는 잡힐 것 같구나."

"흔하다면 흔한 내용이다만, 창간호로는 무난하겠지. 고교 데뷔 응원 가이드북 같은 적당한 타이틀을 붙이면 그럴싸해 보이지 않겠냐?"

"우와, 그럴싸해……."

유이가하마가 감탄한 기색으로 중얼거렸다. 그러자 잇시키도 만족했는지 짝짝 박수를 치며 동참했다.

"그거 좋네요! 그럼 학교 소개 내용은 어떤 걸로 할까요?"

기대에 찬 눈망울로 나와 유키노시타를 번갈아 본다. 하지만 유키노시타는 냉담한 시선을 보낼 따름이었다. 나머지는 네 힘으로 생각하라는 뜻인가 보다. 오옷, 엄격한 태도…….

싸늘한 시선에 움찔한 잇시키가 유키노시타를 흘끔흘끔 곁눈질하며 쭈뼛쭈뼛 입을 열었다.

"내용은…… 도, 동아리 홍보라든가, 뭐 그런 게 좋지 않을까요? ……그렇죠?"

자신이 없는지 잔뜩 움츠러들어 블라우스 가슴께를 꼭 움켜쥐는 잇시키.

한편 묵묵히 그 말을 듣고는, 정말 그거면 되겠느냐고 묻는 듯한 시선을 보내는 유키노시타.

그리고 긴장한 기색으로 두 사람을 지켜보는 유이가하마.

한동안 침묵이 부실을 지배했다. 살얼음판 같은 분위기 속에서 잇시키가 말문이 막힌 기색으로 우웃 신음했다. 그만해~! 보는 사람도 괴로우니까 얼른 정답을 말해주라고~!

내 염원이 통했는지는 모르겠지만, 유키노시타가 마침내 후훗 미소 지었다.

"……그래, 괜찮을 것 같구나."

어깨에 내려앉은 머리카락을 쓸어 넘기며 유키노시타가 동의했다. 그러자 옆에서 잇시키가 안도의 한숨을 내쉬었다.

"좋아, 결정! 그럼 동아리 소개루 하자. 동아리, 동아리라……."

응응 잘됐다 잘됐어! 라는 표정으로 고개를 끄덕인 유이가하마가 각종 동아리 이름을 끄적끄적 써내려가기 시작했다. 그 메모지를 유키노시타가 쓱 들여다보았다.

"그것만으로도 분량이 제법 되겠구나. 두 장은 나올 것 같네."

"기왕이면 한 장 더 채우고 싶다만."

여덟 페이지라고 하면 적어 보이지만 의외로 많다. 읽을 때는 전혀 의식하지 못하는 부분이지만, 막상 채우려고 하면 상당한 시간이 소요된다. 예전에 지역 정보지 기사를 썼을 때만 해도 꽤나 고전했으니까.

"그러면…… 한 페이지를 통째로 할애한 특집 기사로 특정 동아리를 집중 취재하는 게 어떻겠니?"

"테니스부 말이지?!"

"축구부 말이죠?!"

유키노시타의 제안에 나와 잇시키가 거의 동시에 반응했다. 그리고 서로 상대방을 매섭게 노려보았다.

"테니스부라니까. 다들 테니스부에 들어가고 싶어 할걸?"

그렇잖아? 다들 테니스의 왕자도 보고, 요새 테니스 인기도 상승세라는 느낌이고. 하지만 잇시키도 물러서지 않았다.

"아뇨, 어디로 보나 축구부죠. 모두가 궁금해 하는 건 그쪽이고, 하야마 선배라고요."

잇시키가 조곤조곤 반박했다. 으, 으음……. 하야마가 언급되니 좀 위축되는걸……. 확실히 하야마 사진을 싣기만 해도 호평이 자자할 것 같고……. 사가미 미나미는 기쁨에 겨워 여러 개 챙겨갈 거 같다. 또 미우라도 아무도 없는 틈을 노려 슬그머니 한 개 가져갈 거 같다. 아냐, 하지만 토츠카 사진이 실리면 다른 사람들도 틀림없이…… 아앗 그건 안 돼! 나만의 즐거움으로 간직해두고 싶어!

으그극 이를 악물며 내면의 딜레마와 싸우는데, 그런 우리를 지켜보던 유이가하마가 조금 난감한 표정을 지었다.

"우움, 그치만 어느 한 동아리만 특별 취급했다간 나중에 뒷말이 나올지두……."

"아, 하긴 까는 놈들이 있을지도 모르겠네."

역시(さすが, 사스가) 유이가하마. 생각이 깊은 게 사스가하마 양답다. 실제로 우리에게는 그런 의도가 없어도 남들이 어떻게 받아들일지는 미지수다. 무익한 분쟁을 피하고 싶다면 사회 통념에 따라 보수적으로 만드는 게 속 편하다.

그러나 잇시키의 생각은 다른 눈치였다. 눈썹을 모으고 입술을 삐죽거리며 못마땅한 티를 낸다.

"에이, 그런 거야 그냥 내버려두면 그만이잖아요~?"

오옷, 이 녀석 진짜 강철 멘탈인데……? 하지만 잇시키처럼 뭘 하든 어차피 누군가는 까기 마련이잖아! 라는 식으로 철판 깔고 밀어붙이는 것도 올바른 자세이긴 하다.

후우 나직한 숨결을 흘리며 유키노시타가 잇시키를 돌아

보았다.

"그럴 수는 없어. 학생회 공식 간행물이잖니. 어느 정도는 신경 써야지. ……욕먹는 사람은 너일 테니까."

냉철한 지적이었지만, 유키노시타의 말투에서는 어딘가 잇시키를 염려하는 따스한 온기가 묻어났다.

"……그건 그렇지만요."

자기를 생각해서 하는 말이라는 건 전해졌는지, 잇시키도 떨떠름하게나마 수긍했다. 알기 힘든 방식이긴 하지만, 유키노시타도 나름대로 좋은 선배 노릇을 하고 있는 거다.

"아, 맞다. 하야토 말야, 부장 모임에서두 총괄역이구 하니까, 부장 대표 자격이라구 하면 다들 납득하지 않을까?"

그리고 또 한 명의 좋은 선배, 유이가하마가 밝은 목소리로 말했다. 그러자 잇시키가 번쩍 고개를 치켜들더니 환한 미소를 지었다.

"좋은 생각이에요! 인터뷰는 제가 할게요!"

"그래. 그 인터뷰 기사로 한 장을 채우면 되겠구나."

방침은 정해졌으니 이제 구체적인 항목에 끼워 넣기만 하면 된다.

동아리 일람표와 부장의 이름, 사진과 코멘트 등등 요청할 사항을 유키노시타가 차근차근 정리해나간다. 그 메모를 가만히 들여다보던 잇시키가 불쑥 입을 열었다.

"이거요, 봉사부는 안 넣어도 돼요?"

그 말에 유키노시타와 유이가하마가 고개를 들고 서로 얼굴을 마주보았다. 확인하는 건지 아니면 당혹스러워하는 건지, 짧은 침묵이 싹텄다. 그것을 내가 가로막았다.

"봉사부에 대해서는 쓸 필요 없지 않겠냐?"

"왜요?"

"왜기는, 그야……."

고개를 갸웃하며 의아한 기색으로 물어오는 잇시키. 그 말간 눈빛에 그만 말문이 턱 막히고 말았다. 그 어색한 침묵을 무마하고자 마음에도 없는 소리를 늘어놓았다.

"우리가 우리 이야기를 쓴다는 게 뭔가 쑥스럽잖아……."

그러자 유이가하마가 헉, 하고 공감을 표했다.

"으, 하긴……."

"뭣보다 다들 봉사부에 대해 모르니까, 실어봤자 좋아할 사람도 없을걸."

한마디 덧붙이자, 유키노시타도 턱을 매만지며 생각에 잠긴 포즈를 취했다.

"하기는 그렇구나. 어차피 신입 부원을 모집하려는 것도 아니니까……."

"그렇지? 게다가 지금은 하나라도 일거리를 줄여서 편집 작업을 우선시하는 게 낫다고."

말은 그렇게 했지만 진짜 이유는 따로 있다는 걸 나 자신도 잘 알고 있다.

단순히 뭐라고 써야 좋을지 갈피를 잡을 수 없었기 때문이다. 이 동아리를, 지금의 관계를 어떻게 표현하고 어떤 식으로 정의해야 하는가. 그 해답을 아직 찾지 못했다.

또 뭔가 핑계를 대려고 입을 열었지만, 잇시키의 한숨소리가 나를 가로막았다.

"……뭐, 그래서라면 할 수 없죠."

일단 납득한 눈치였다. 메모지를 쫙 뜯어낸 잇시키가 그것을 팔랑팔랑 흔들며 유키노시타와 유이가하마 쪽을 돌아보았다.

"그럼 내용은 이 정도면 될까요~?"

"그래. 그러면 이제 지역 소개로 들어가야 하는데……."

유키노시타의 말에 잇시키가 호주머니에서 스마트폰을 꺼냈다.

"아, 그건 이미 조사해놨어요~. 이게 가게 사진인데요~."

"우와, 보여줘, 보여줘!"

잇시키가 스마트폰을 조작하자, 유이가하마가 쓱 고개를 내밀어 들여다보았다. 자연스럽게 잇시키와 유이가하마 사이에 끼인 유키노시타도 불편한 기색으로나마 잇시키의 스마트폰을 보았다.

잇시키의 손가락이 샥샥 화면 위를 가로질렀다. 그때마다 "와, 예쁘다!" "괜찮죠~?" "저기 방금 그 사진, 한 번 더 보여주겠니? 그래, 그 고양이 장식품 사진." 등등, 소녀다운 대화가 오갔다.

조금 떨어진 자리에 앉은 나는 세 사람이 깍깍대는 소리를 들으며 멍하니 휴대폰을 만지작거렸다.

그러다 문득 그 대화가 뚝 그쳤다.

웬일인가 싶어 세 사람을 바라보자, 잇시키가 낭패한 표정을 지었다. 그리고 유이가하마와 유키노시타는 나를 향해 새치름한 시선을 보내왔다.

"뭐냐……?"

"아, 으응, 아니, 그게…… 나, 나두 가보구 싶어서……."

물어보자 유이가하마가 아하하 웃었다. 그 옆에서 유키노시타도 생긋 미소 지었다.

"……아주 즐거워 보이는 사진이구나."

여기 뭔가 춥지 않아? 완전 냉골이잖아! 히터, 빨리 좀 안 고쳐지나……?

× × ×

찻잔이 달그락 컵받침 위에 놓였다.

"그러면 가게 취재는 문제없다고 봐도 되겠구나."

"네, 그런 셈이죠~."

대답하며 잇시키가 스마트폰을 집어넣었다. 저번에 잇시키와 치바역에 갔을 때 사진을 찍은 건 바로 이 무가지에 싣기 위해서였다고 한다. 잇시키가 그렇게 설명을 했고, 유키노시타와 유이가하마가 그 말을 어떻게 받아들였는지는 모르지만, 어쨌거나 차가운 시선에서는 해방되었다.

"그럼 이건 이로하 담당으루 해둘게."

그렇게 말하며 유이가하마가 메모지에 동그라미를 쳤다. 기사 내용도 정해졌다. 그럼 이제 담당 분야만 나누면 된다. 페이지별 담당은 물론이고, 각자의 역할도 정해야 한다.

유키노시타가 메모한 내용을 취합했다.

"페이지 구성, 스케줄 관리, 디자인 진행은 내가 맡을게. 유이가하마는 각 동아리의 취재와 감수 시의 대응을 부탁해."

"오케이!"

씩씩한 대답에 고개를 끄덕인 유키노시타가 흘끗 나를 곁눈질했다.

"히키가야는……."

"카메라맨이겠지."

각 동아리의 사진을 찍는다는 말은 곧 합법적으로 토츠카의 사진을 찍어도 된다는 뜻이다. 카메라맨이라면 내게 맡겨! 팡팡팡! 하고 의욕을 불태웠지만, 유키노시타의 대답은 매정하기 그지없었다.

"기사 작성, 취재, 촬영, 기획, 제작, 교열, 섭외, 경리 회계, 기타 잡무 담당이겠구나."

거참 많기도 하다……. 게다가 이번에는 필요 없을 법한 역할들도 섞여 있고. 그렇게 생각하며 대놓고 떫은 티를 내자, 유키노시타가 매섭게 노려보았다.

"무슨 불만이라도 있니?"

무슨이고 자시고, 죄다 불만인뎁쇼. 그렇게 생각했을 때, 유이가하마가 유키노시타의 어깨를 툭툭 쳤다.

"차, 참아, 유키농. 어차피 가게 취재는 다 끝났구……."

유이가하마가 다독이듯 말하자, 유키노시타는 조금 못마땅한 기색이었지만 이내 나직하게 한숨을 쉬고 머리카락을 사락 쓸어 넘겼다.

"……그래. 그러면 기사 작성과 잡무만 맡아주렴."

"……알았다."

고개를 끄덕임과 동시에 알겠어여! 하고 마음속으로 가로브이☆를 그리며 승낙했다. 하긴 작문 쪽은 내가 맡는 게 빠르겠지. 유이가하마나 잇시키가 쓰면 교정할 때 애먹을 거 같고, 유키노시타한테 시키면 지나치게 딱딱한 글이 나올 것 같다.

제각기 담당이 정해지고 이제 작업에 착수할 수 있으려나 했을 때, 잇시키가 머뭇머뭇 손을 들었다.

"저기요~. 저는 뭘 하면 되나요?"

"물론 편집장이지."

"우와…… 뭔가 대단한 느낌이야."

유키노시타가 망설임 없이 대답했고, 유이가하마는 축하한다는 듯 짝짝 박수를 쳤다. 하긴 먼저 말을 꺼낸 사람이 잇시키니, 가장 책임이 무거운 자리를 맡는 게 당연하겠지. 그러나 본인에게는 아직 그런 자각이 없는지, 어리둥절한 표정으로 고개를 갸웃했다.

"편집장은 뭘 해야 되는 거예요~?"

그 물음에 유키노시타가 포기한 듯 한숨을 쉬었다.

"그래……. 우선 각 매장의 정보와 사진 게재 허가를 받아오렴."

"네! 확인해볼게요!"

그래도 의욕은 있는지, 힘찬 답변이 돌아왔다. 그 반응을 확인한 유키노시타가 덧붙였다.

"그리고 유통 경로를 확보해야 해. 배포할 곳은 정해뒀니?"

"학생회실 앞이라든가, 교무실 앞이라든가……. 사람들이 많이 지나다니는 곳이려나요~?"

"그러면 사용 허가를 받아두렴."

"네! 그럼 히라츠카 선생님께 말씀드리고 올게요."

"가는 김에 이것도 좀 복사해오겠니?"

유키노시타가 건네주는 메모용지를 품에 척 끌어안듯 받아든 잇시키가 손바닥을 내보이며 경례를 붙였다.

"네! 알겠어요! ……저기요, 이거 혹시 허드렛일 담당 아닌가요~?"

잇시키가 어깨를 축 늘어뜨렸다. 이런, 눈치챘나?

"전반적인 감독과 확인, 외부와의 교섭, 최종 체크, 그리고 시의적절한 지원이 네게 주어진 역할이야."

유키노시타의 설명에 감탄한 기색으로 아하~ 하고 중얼거린 잇시키가 몸을 일으켰다.

"그럼 히라츠카 선생님께 보고하고 올게요~."

"그래."

부실을 나서려고 내 옆을 지나치던 잇시키가 불쑥 내 소맷자락을 잡아당겼다.

"가요, 선배님."

"싫어. 혼자 가라고……."

"선배님이 있으면 피뢰침이 앗 말이 헛나왔네요 필요한 아이디어가 번뜩일 것 같은 느낌이 들잖아요! 선배님, 의지가 되고요!"

애써 수정 안 해도 된다만……. 하지만 잇시키의 말처럼 피뢰침으로서의 내 성능은 정평이 난 바 있다. 내가 있는 편이 이야기가 순조롭게 진행된다면 가서 후딱 끝마치고 오지 뭐.

"그럼 갈까?"

붙잡힌 소매를 슬쩍 빼며 자리에서 일어났다. 그러자 유이가하마도 의자를 끼익 밀어젖히며 허둥지둥 일어섰다.

"아, 그럼 나두 갈래!"

"휴우…… 그래, 자료 설명을 하려면 같이 가는 편이 좋을 테니까."

유키노시타도 나직하게 한숨을 쉬며 조용히 몸을 일으켰다.

"좋았어! 다 함께 가자구!"

유이가하마가 유키노시타와 잇시키의 팔을 덥석 붙잡고 출입문으로 향했다. 으음, 저러면 추운 복도에서도 따뜻할 것 같군요…….

하긴 저 셋이 함께라면 난 그냥 가만히 자리나 지키고 있으면 되겠지. 세 사람을 따라 나도 부실을 뒤로했다.

× × ×

교무실에 들어서자마자 곧장 히라츠카 선생님 자리로 걸음을 옮겼다.

길게 늘어선 책상의 행렬 속, 유난히 어수선한 자리에 앉은 그 모습을 발견했다. 모니터를 들여다보며 타닥타닥 키보드를 두들기다가, 이따금 옆에 놓인 배달 메밀국수 그릇으로 손을 뻗는다. 뭐야. 또 밥 먹는 중이냐, 이 양반…….

"히라츠카 선생님."

"응? 아, 히키가야로군. 전원 총출동이라니, 무슨 일이지?"

"좀 상의드릴 게 있어서요……."

"그래? 으음……."

히라츠카 선생님이 흘끗 메밀국수를 곁눈질하더니, 갈등하듯 잠시 뜸을 들였다.

"식사하시면서 들으셔도 괜찮습니다."

"그래? 미안하군."

유키노시타의 말에 히라츠카 선생님이 멋쩍은 표정으로 아하하 웃고는 그릇을 자기 앞으로 끌어당겼다. 그리고 빙글 의자를 돌려 비스듬히 앉더니, 젓가락을 들었다.

"어디 그럼 용건을 들어보지."

후루룩 메밀국수를 삼킨 히라츠카 선생님이 우리를 재촉했다.

"그게요, 무가지를 만들려고 하는데요~."

"응? 무가지?"

뜬금없는 이야기가 튀어나온 탓인지, 히라츠카 선생님이 미심쩍은 표정으로 되물었다.

잇시키가 무가지 발행 계획에 관해 설명했다. 적시적소에 유키노시타가 보충 설명을 했고, 개요를 정리한 자료와 팸플릿, 견적서도 제시했다.

"견적은 이미 받아놓았고, 예산 범위 내에서 제작 가능합니다. 내용도 아직은 허술하지만, 부족하나마 이쪽에 간략하게 정리해두었습니다."

"흐음……."

히라츠카 선생님은 간간이 메밀국수를 입으로 가져가며, 각종 자료들을 흥미로운 표정으로 살펴보았다. 서류를 팔랑팔랑 넘기며 끝까지 읽고 나자 개요는 대충 파악이 끝났는지, 불쑥 고개를 들었다.

"너희들이 하고 싶다면 말리지는 않겠지만……. 그냥 갱지에 등사판으로 찍을 수는 없나?"

말이 떨어지기가 무섭게 유이가하마가 고개를 갸웃했다.

"갱지?"

"네? 등사판요?"

잇시키가 히라츠카 선생님에게 의아하다 못해 무례한 시선을 보냈다. 버릇없어. 버릇없다고, 이 녀석…….

평소의 히라츠카 선생님 같으면 여기서 교육적 지도에 나섰을 테지만, 지금은 그럴 기력도 없는 눈치였다.

"그렇군, 모르는군……."

힘없이 중얼거리고는 후훗 씁쓸한 기색이 묻어나는, 어딘가 자조적인 미소를 지었다.

"지식은 있지만, 실물로는 본 적이 없어서요……."

"그렇겠지……."

최후의 일격을 가하듯 유키노시타가 면목 없다는 투로 말하자, 대답하는 히라츠카 선생님의 목소리가 가늘게 떨렸다. 어쩔 수 없지. 기계도 자재도 하루가 다르게 발전하니까. 그나저나 등사판이라니, 선생님 연배라도 웬만해서는 실물을 못 봤을 거 같다만……. 아뇨, 그야 물론 선생님 나이는 모릅니다만.

그 연령 미상의 서른 줄 여교사는 어깨를 움츠리고 그릇을 꼭 끌어안았다.

"그래, 너희들 뜻대로 하도록."

그 말만을 남긴 채, 애처로운 표정으로 살짝 불어버린 국수 가락을 다시 입에 넣는 것이었다…….

× × ×

히라츠카 선생님의 허가를 받아냄으로써, 마침내 본격적인 작업에 착수하기 위한 준비가 끝났다.

각자에게 주어진 일거리를 소화하고자, 컴퓨터를 빌려 타닥타닥 문서 작성에 들어갔다.

그러자 총총히 이쪽으로 다가온 유키노시타가 말을 걸어왔다.

"히키가야, 시간 좀 내줄 수 있니?"

"어."

내 허락이 떨어지자, 유키노시타가 대각선 맞은편에 앉아 대수 나눔표를 펼쳤다. 대수 나눔표란 한마디로 각 페이지의 구성과 담당자를 기재해서 일람 형태로 만든 것을 말한다.

유키노시타가 그 표의 한쪽 귀퉁이를 펜 끝으로 톡톡 두들겼다.

"표지를 어떻게 할지가 문제야."

"디자인이나 사진으로 대충 때우는 게 편하지 않겠냐?"

"사진에 텍스트와 로고, 프레임을 넣어서 심플한 디자인으로 얼버무릴까?"

"아하, 타임이나 포브스를 의식한 디자인입니다~ 라는 느낌을 주자 이거지?"

"맞아. 의도가 명확한 편이 오히려 그럴듯해 보일 테니까."

"결과적으로 수고도 덜 수 있고."

이야기를 나누는데, 멀리서 시선이 느껴졌다. 그쪽을 돌아보니, 잇시키가 식겁한 표정으로 우리를 보고 있었다.

"저기요, 지금 무슨 이야기를 하는 건지 전혀 모르겠는데요……."

"아, 그치~?! 나두 전에 그거 엄청 느꼈어!"

유이가하마가 책상 위로 불쑥 몸을 내밀며 말했다. 동지가 생겨서 기쁜 건가……. 그 동지 콤비는 현재 각 동아리에 나눠줄 코멘트 의뢰용 서식을 만드는 중인 모양이었다. 저 작업은 저 둘에게 일임하기로 하고, 우리는 우리대로 회의를 진행시켜 나가야만 한다.

표에 메모를 하던 유키노시타의 손이 멈추더니, 펜 끝으로 자기 볼을 쿡 찔렀다.

"디자인의 방향성은 결정됐다 치고, 문제는 소재구나."

"잇시키 사진으로 하지 그러냐? 회장이잖아."

엄지손가락을 까닥거리며 그쪽을 가리키자, 잇시키가 휘휘 손사래를 쳤다.

"앗, 그라비아를 찍자고요? 저 수영복은 NG인데요."

"어쩌라고……. 게다가 애초에 너한테 그런 걸 원한 적도 없거든?"

그 밖에는 어떤 제한이 있는 거냐……. 물론 그 영악함은 어디로 보나 청순파를 연기하려는 느낌이니 이해는 간다만. 하지만 나 정도 경지에 이르면 청순파니 일반인이니 매직미러니 하는 말 따위는 믿지 않게 된다.

"……그래요?"

뭔가 빈정이 상했는지 잇시키의 목소리는 조금 차가웠고, 가늘어진 눈에서 새어나오는 빛도 날카로웠다. 그러다가 입을 삐뚜름하게 다물더니 가슴에 손을 얹고 한동안 생각에 잠겼다. 이윽고 뭔가 떠올랐는지 씨익 음흉한 미소를 짓고는, 아까와는 딴판으로 밝고 애교스러운 목소리를 냈다.

"어라, 그럼 누구 걸 원하시는데요~? 앗, 혹시 유이 선배님이라든가~?"

"자, 잠깐! 무, 무리야! 죽어두 무리야!"

잇시키가 획 잡아끄는 바람에 유이가하마의 몸이 비스듬

히 기울어졌다. 앞으로 숙인 자세가 된 탓에 느슨하게 벌어진 칼라 사이로 속살이 드러나고, 가슴이 강조되었다. 그만 뚫어지게 쳐다볼 뻔했지만, 의지의 힘으로 간신히 눈을 돌렸다. 지지 않아! 인간은 욕망 따위에 지지 않아!

가까스로 시선을 들자, 이번에는 눈이 마주치고 말았다. 유이가하마의 얼굴이 확 붉어지며 몸을 가리듯 자기 어깨를 꼭 껴안았다.

"아, 우움……. 그, 그런 거, 부끄럽구……. 다른 사람한테 보여주다니, 말두 안 되구……."

목덜미까지 새빨갛게 달아올라 고개를 돌린 유이가하마가 더듬더듬 덧붙였다. 말을 마치고 흘끗 이쪽을 곁눈질하는 눈에도 열기가 어른거렸다. 솔직히 유이가하마가 표지를 맡는다면 일부에서는 쌍수를 들고 환영할 테지만, 나 자신은 그 사태를 환영할 수 있을 거란 느낌이 들지 않았다. 보라고, 본인도 싫어하잖아?

"아니, 나도, 그건 뭐랄까…… 절대 안 할 거니까."

"지, 진짜루? ……다행이다."

마음이 놓이는지 유이가하마가 스륵 어깨 힘을 뺐다. 나도 왠지 긴장이 풀려 깊은 한숨을 내쉬었다.

유이가하마가 진정하고 나서야 비로소 이런 이야기가 나오게 된 원인에 생각이 미쳤다.

"뭣보다 그라비아란 수영복 입은 사진을 말하는 게 아니라고. 사진 페이지 인쇄? 뭐 그런 걸 그라비아라고 할걸?"

그렇죠? 유키피디아 양? 하고 돌아보자, 꼼지락꼼지락 리본타이를 매만지던 유키노시타가 눈이 마주치자 깜짝 놀라더니 홱 시선을 돌려 나를 외면했다. 그리고 리본을 단단히 고쳐 맸다.

"……."

나직한 한숨소리가 들려왔다. 이런 타이밍에 침묵하는 건 자제해주면 안 되냐…….

"아무튼 그냥 교복 입은 사진이면 돼. 자, 그럼 다음으로 넘어가자고. 유키노시타, 뒤표지는 어떡할래?"

화제를 돌리며 말을 걸자, 유키노시타가 흘끗 내게 비난하는 듯한 시선을 보냈다. 대답은 없었지만, 일단 이야기를 들어볼 마음은 있는 눈치였다. 그래서 멋대로 회의를 진행시켰다.

"광고를 싣는 건 어떠냐? 신통력을 지닌 염주라든가 속독술이라든가 헬스 기구라든가 건강 용품이라든가."

돈으로 목욕하는[#18] 자이모쿠자의 사진 같은 걸 찍으면 재미있겠는데. 무책임한 상상을 하며 말하자, 유키노시타가 그제야 입을 열었다.

"지금부터 의뢰해줄 만한 곳을 찾는 건 현실적이지 못해.

#18 돈으로 목욕하는 3류 잡지 뒤에 실리는 수상한 광고의 대표격. 이 상품에 투자하면 돈벼락을 맞는다는 내용이 대부분.

계속 발행할 생각이면 검토해볼만 하겠지만, 적어도 이번에는 무리야. 쓸 만한 소재도 없으니, 글로 채우는 수밖에 없겠지."

표에 시선을 고정한 채 담담하게 대꾸하는 말을 듣고 잠시 생각해보았다.

"칼럼이나 편집 후기 같은 거면 되려나? ……뭐 그건 내가 알아서 하마."

"그래. 부탁할게."

짤막하게 대꾸한 유키노시타가 여전히 나를 외면한 채 작업을 재개했다. 찍찍 볼펜 놀리는 소리가 유독 크게 들려왔다. 혹시 아까 한 이야기, 아직 마음에 담아두고 있는 건가……? 그렇게 신경 쓸 필요 없는데…….

괜찮아! 아직 희망은 남아 있어. 유전적으로 보면 말이야!

× × ×

각설하고, 내 역할은 집필 전반과 자진해서 떠맡은 촬영이다. 따라서 각 동아리 취재에도 동행하게 되었다. 시간이 부족한 관계로 취재는 두 팀으로 나눠서 진행하기로 했다. 나와 잇시키, 그리고 유이가하마와 유키노시타. 사회성과 학력의 평균을 고려하면 타당한 조합이라고 볼 수 있겠지.

우리는 남자부를, 유이가하마는 여자부를 중심으로 취재에 나섰다.

우리의 첫 취재 대상은 물론…… 테니스부다!

사전 연락은 유이가하마에게 맡겨놓았기에, 나와 잇시키는 찬바람이 쌩쌩 휘몰아치는 테니스코트에 발을 들여놓았다.

"리시브가 늦어. 좀 더 분발해!"

코트에 낭랑하게 울려 퍼지는 사랑스러운 목소리는 바로 테니스부 부장, 토츠카의 음성이었다. 라켓을 어깨에 걸치고, 다른 한 손은 허리에 얹은 채 후배들을 독려한다. 어느새 어엿한 부장으로 성장한 모양이다.

코트 옆까지 가자, 우리를 발견한 토츠카가 손을 흔들며 종종걸음으로 다가왔다.

"하치만! 잇시키도 잘 왔어."

"안녕하세요~. 오늘은 잘 부탁드려요."

"방해해서 미안하다."

정중하게 고개 숙여 인사하는 잇시키를 본받아 나도 손날을 세우며 사과의 뜻을 전했다.

"에이, 괜찮아. 아참, 사진 찍는댔지? 언제든지 찍어!"

가볍게 고개를 저은 토츠카가 팔을 벌리고 빙글 돌아 테니스 코트 전체를 가리켰다. 그리고 이쪽을 돌아보며 생긋 웃어주었다. 좋았어, 준비 완료란 뜻이군!

"그럼 사양 않고……."

팔을 벌린 채인 토츠카가 귀여워서 우선 한 컷. 카메라를 들고 셔터를 눌렀다. 그러자 토츠카가 어리둥절한 표정을 지어서 또 한 컷. 깜찍하게 고개를 갸웃해서 또또 한 컷을 찍었다. 의아한 얼굴로 바라보는 토츠카의 사진도 찍으려고 카메라 각도를 트는데, 토츠카가 당황한 기색으로 입을 열었다.

"저기……. 연습 풍경을 찍는 거 아니었어?"

"그것도 찍어야지. 그것도 찍는데, 일단 이쪽이 먼저야."

나치고는 아주 단호하게, 정정당당하게 선언했다. 그 박력에 눌렸는지, 토츠카가 살짝 몸을 움츠렸다.

"그, 그래……? 좀 창피하지만…… 으음……."

사진을 찍힌다는 데서 오는 무안함 때문인지, 발그스름해진 얼굴을 감추듯 볼에 손을 얹고 고민하는 기색이었지만, 이내 테니스코트 쪽을 흘끗 보더니 나직하게 중얼거렸다.

"그래도 신입생이 이걸 보고 입부해줄지도 모르니까……."

"그래. 신입생이 이걸 참고할 가능성이 있는 건 사실이지."

무가지의 발행 취지는 유이가하마가 약속을 잡을 때 미리 말해두었다. 동아리 입장에서도 어필할 기회가 주어지는 셈이다. 그러자 토츠카가 결심이 섰는지 고개를 들었다.

"여, 열심히 해볼게……."

그리고 가슴 앞에서 주먹을 꼭 움켜쥐고 웃차 기합을 넣었다.

"그, 그러냐……. 그럼 잘해보자."

토츠카를 설득하는데 성공한 거야 좋지만, 어쩐지 세치혀로 토츠카를 농락해서 촬영으로 몰고 간 듯한 기분이 들기 시작했다. 이 죄책감은 대체 뭘까……. 엇, 아니지. 이건 죄책감 따위가 아니라……. ……배덕감! 오히려 어떤 의미에는 의욕이 불타오르는데!

"좋아, 그럼 팍팍 찍으마."

"응!"

씩씩한 대답에 카메라를 겨냥했다.

"이번에는 라켓을 들어볼까?"

"으, 으응."

라켓을 휘두르는 토츠카를 로우 앵글로 촬영한 다음, 스텝을 밟는 역동적인 토츠카를 집중적으로 찍었다. 균형을 잃고 발을 헛디디는 토츠카를 파인더에 담는다. 셔터 찬스다!

움직이는 토츠카의 모습을 마음껏 사진에 담은 후, 촬영은 다음 단계로 넘어갔다.

"그럼 이제 라켓을 품에 안아봐라."

"응. ……응?"

고개를 갸웃하면서도 토츠카가 라켓을 꾹 끌어안았다. 그 모습을 연속 촬영, 집중 촬영하다 못해 급기야 파노라마 촬영까지 했다. 그리고 옵션으로 타월을 추가했다. 좋아좋아, 좀 더 대담하게 가볼까? 하고 신들린 듯 촬영하는데, 옆에 있던 잇시키 님은 질린 기색이 역력하셨습니다.

"선배님, 그 정도면 충분하지 않을까요……?"

"그래? 하긴 그런가."

"네."

잇시키가 힘주어 고개를 끄덕였다. 따지고 보면 그 말에도 일리가 있다.

"이 정도면 라켓은 충분하겠지. 좋아, 그럼 이제 라켓은 빼고 가자고."

"네에?"

뻣뻣하게 몸을 굳히는 잇시키를 무시하고, 파인더를 들여다보며 다음 촬영 계획을 세웠다.

"토츠카, 잠깐 앉아볼래?"

"……응."

조금 피곤한지, 대답하는 토츠카의 목소리는 조금 어두웠다. 이건 그거구만. 하도 집적대서 진이 빠졌을 때의 우리 집 고양이와 같은 반응이구만. 요컨대 그만큼 귀엽다는 뜻이로군!

내 지시에 따라 라켓을 발치에 내려놓은 토츠카가 무릎을 세우고 앉았다. 그 모습을 정면과 대각선 왼쪽 앵글로 찍었다. 그 밖에도 갖가지 포즈를 취하게 해서 시선이 느껴지는 패턴과 느껴지지 않는 패턴을 각각 촬영한 다음, 시선이 느껴지는 패턴을 또다시 미소 띤 표정과 우수에 젖은 표정으로 세분화해서 찍었다.

"하, 하지만……. 더 찍어야 돼?"

경직된 미소와 띄엄띄엄 끊어지는 목소리로 토츠카가 물었다.

"어, 그게……."

토츠카도 좀 피곤해하는 거 같고, 어떡할까……. 그때 문득 기발한 아이디어가 떠올랐다.

"잠깐 쉬었다 할까?"

"더 찍는구나……."

토츠카의 어깨가 힘없이 늘어졌다. 그래, 역시 쉬었다 하기로 하길 잘했군. 자, 그럼 이제 후반전에 앞서 준비를 갖춰보실까. 그렇게 생각하며 카메라를 조작해 그동안 찍은 사진을 확인하다가, 심각한 상황에 봉착했음을 깨달았다.

"잇시키."

내 상대를 하는 데 질렸는지, 멀찌감치 떨어진 곳에서 이쪽을 바라보던 잇시키를 불렀다. 그러자 잇시키가 성가신 표정으로 다가왔다.

"왜요~?"

"메모리 카드 더 챙겨온 거 없냐? 용량이 다 됐는데."

"도대체 얼마나 찍으신 거예요……."

"이래 봬도 필요 없는 건 지운 거다만……."

그러자 잇시키가 땅이 꺼져라 한숨을 쉬었다. 그리고 내 재킷 자락을 덥석 움켜쥐더니 나를 질질 끌다시피 하며 걸음을 옮겼다.

"이제 충분해요! 토츠카 선배님, 감사했어요."

"아, 응. 나야말로 고마워. 정말로."

잇시키의 말에 고개를 떨군 채 앉아 있던 토츠카가 활짝 웃으며 대답했다.

그 미소를 꼭 사진에 담고 싶었지만, 잇시키가 재킷을 마구 잡아끄는 바람에 집중 촬영도 연속 촬영도 하지 못했다. 하다못해 마음의 앨범에라도 새겨 넣으려고 염사(念寫)해 두었다.

× × ×

잇시키에게 질질 끌려 축구부에 도착했다.

테니스코트 바로 옆 운동장이 축구부가 연습하는 곳이라, 이동 거리는 얼마 되지 않았다. 덤으로 축구부에 대한 관심도 얼마 없다.

적당히 두세 장 찍고 돌아가려 했으나, 잇시키가 그러도록 내버려두지 않았다.

"아, 저쪽이에요. 하야마 선배를 중심으로 찍어주세요.

아, 지금이에요, 지금!"

어깨를 탁탁 두들기며 촬영 타이밍을 일일이 지시해왔다. 그리고 다 찍으면 번번이 검수를 거쳐야 했다.

"좀 보여주세요. ……아, 토베 선배가 찍혔으니까 이건 지울게요~."

그렇게 말하며 사진을 삭제하더니, 카메라를 도로 내게 떠넘겼다. 아니 뭐 토베가 좀 찍힐 수도 있지……. 있든 말든 어차피 아무도 관심 없을걸?

그런 작업을 한참동안 계속한 탓에 진행이 무진장 더뎠다.

"야, 이 정도면 된 거 아니냐? 용량도 부족하고……."

"그게 다 누구 때문인데요?"

볼록 뺨을 부풀린 잇시키가 나를 째릿 노려보았다. 그 부분을 걸고넘어지면 입이 열 개라도 할 말이 없다. 결국 청백전이 끝날 때까지 진득하게 카메라맨 노릇을 해야 했다.

그리고 마침내 청백전을 끝낸 하야마가 이쪽으로 다가왔다.

"하야마 선배님~!"

잇시키가 손을 흔들며 이름을 부르자, 하야마도 살짝 손을 들어 화답했다.

"유이한테 사정은 들었어. 무가지를 만든다며? 여전히 부탁받으면 뭐든지 하는구나."

서글서글한 미소를 지어 보였지만, 하야마의 목소리에서

는 어이없어하는 기색이 엿보였다.

"말했잖아. 그런 동아리라고. 뭣보다 구태여 연습을 중단하면서까지 인터뷰에 응해주는 녀석한테 그런 말 듣고 싶지 않아. 방해해서 미안하다."

"고맙다는 말을 특이하게 하네."

어깨를 으쓱해 보이며 웃은 하야마가 안뜰 쪽을 돌아보았다.

"춥지? 인터뷰, 저쪽에서 하는 게 어때?"

"아, 좋은 생각이에요~."

안뜰 1층의 빈 공간은 학교 건물로 둘러싸여 바람이 들어오지 않는다. 생긋 웃어 보인 잇시키가 앞장서서 적당한 곳으로 향했다. 자판기 옆에는 간소하나마 벤치가 있다. 거기 앉은 잇시키가 옆자리를 툭툭 치며 까닥까닥 손짓을 했다. 속보여…….

하야마를 먼저 그쪽으로 보내고, 자판기에서 블랙커피와 홍차를 뽑았다. 따끈따끈한 캔을 던졌다 받았다 하며 하야마 앞에 섰다.

"그냥 대충 그럴싸한 소리를 읊어대면 돼. 그런 거, 네 주특기잖아?"

그렇게 말하며 블랙커피를 하야마에게 휙 던져주었다. 그것을 받아든 하야마는 놀란 얼굴로 캔 커피를 바라보았지만, 이내 피식 쓴웃음을 지으며 장난기 어린 목소리로 물었다.

"지금 비꼬는 거야?"

"칭찬이라고, 칭찬. 아무래도 상관없다만 잘 부탁하마."

"……그래. 기대에 부응할 수 있도록 노력하지."

그렇게 대답한 하야마가 빙그레 웃으며 나를 향해 가볍게 손을 들어 보였다. 그리고 잇시키 쪽으로 돌아앉았다.

"그럼 인터뷰를 시작할게요~."

스마트폰 녹음 기능을 켜는 잇시키 옆에 홍차를 내려놓고, 촬영을 위해 두 발짝 남짓 뒤로 물러나 카메라를 들었다. 파인더 저편의 하야마는 누구나 익히 아는 하야마 하야토였지만, 조금 전에 농담인 척하며 쓴웃음을 짓던 하야마와는 어딘가 다른 것처럼 느껴졌다.

× × ×

하야마의 인터뷰와 사진 촬영을 마친 후, 교내를 돌며 우리 담당인 몇몇 동아리의 취재와 촬영을 끝냈다. 허공에서 도자기를 빚는 것처럼 손을 놀리며 설명하는 하야마의 모습도 찍었고, 이 정도면 게재 분량은 충분히 뽑고도 남겠지.

여자 동아리를 주로 맡은 유이가하마와 유키노시타도 이제 슬슬 끝나갈 무렵이다. 그러니 남은 촬영은 무가지 표지를 장식할 잇시키 이로하의 사진을 찍는 것뿐이다.

그 작업은 모델인 잇시키의 의향에 따라 도서실에서 이루어지게 되었다.

안뜰을 나와 현관에서 실내화로 갈아 신은 다음, 교무실 앞을 가로질러 도서실로 들어섰다.

방과 후의 느지막한 시간대에 도서실을 이용하는 학생은 거의 없어, 실내에는 적막한 분위기가 감돌았다.

"그나저나 왜 도서실이냐……."

잇시키가 도서실을 한 바퀴 돌면서 최적의 촬영 장소를 찾기 시작했다. 그 뒷모습을 향해 묻자, 잇시키가 빙글 뒤돌아섰다.

"도서관이라고 하면 뭔가 지적인 느낌이 들잖아요~?"

"지적인 느낌이라고는 쥐뿔도 없는 발언이구만……."

"상관없어요. 이미지 문제니까요."

홱 몸을 돌리고 다시 걸음을 옮기던 잇시키가 몇 번인가 멈춰 섰다. 그러다 마침내 마음을 정했는지, 책꽂이를 등지고 앉을 수 있는 테이블에 자리 잡았다. 그리고 손거울을 꺼내더니 부랴부랴 몸단장에 들어갔다.

높다란 책장은 잇시키를 지키듯 웅장하게 서 있었고, 짙은 색 계열이 많은 책등이 잇시키의 화사한 외모를 부각시켰다. 쾌적하게 책을 볼 수 있도록 하기 위한 배려인지 저녁때인데도 실내는 밝았고, 잇시키의 하얀 피부도 희미한 온기를 머금은 것처럼 따스한 빛을 띠었다.

아마추어라서 자세히는 모르지만, 어쨌든 여기서 잇시키

를 찍으면 멋진 그림이 나올 거란 예감이 들었다. 역시 잇시키 이로하. 자신을 매력적으로 보이는 방법을 터득한 건가.

"그럼 시험 삼아 몇 장 찍어보마."

내 말에 잇시키는 대답 대신 책상에 턱을 괴고 포즈를 취했다.

유혹하듯 살짝 치켜뜨고 이쪽을 바라보는 눈이 물기 어린 눈망울과 긴 속눈썹을 강조했다. 조금 당돌하게 미소 짓는 입가에 남아 있는 앳된 느낌과는 달리, 연분홍색 입술은 보드랍고 촉촉하게 반짝였다.

렌즈는 어김없이 그 모습을 포착했으나, 그만 셔터 누르는 걸 잊고 말았다. 그러자 나직한 헛기침 소리가 들려와 퍼뜩 정신을 차렸다.

찰칵찰칵 셔터를 누르고 카메라를 내렸다. 그리고 방금 찍은 데이터를 확인하며, 넋 놓고 쳐다본 걸 무마하듯 딴소리를 했다.

"많이 찍어본 솜씨인데……?"

그러자 다른 포즈를 취하려고 이것저것 궁리하던 잇시키가 거울에 시선을 둔 채로 고개를 갸웃했다.

"그래요? 사진은 원래 맨날 찍는 거잖아요?"

"글쎄다, 맨날은 안 찍을걸."

여행이라든가 이벤트처럼 비일상적인 상황에서나 기념 삼아, 추억 삼아 사진을 남기는 법이라고 생각했다. 적어도 내가 살아온 환경 속에서는 그랬다.

그러나 잇시키는 전혀 다른 이야기를 했다. 손거울 뚜껑을 달칵 덮고는 나를 흘끗 보더니, 카메라를 겨눈 것도 아니건만 부드러운 미소를 지었다.

"추억은 소중한 거잖아요?"

그것이 잇시키 이로하의 평범함.

일상과 비일상을 구별하지 않고, 특별한 구석이라곤 없는 익숙한 광경조차도 가슴속에 새겨두어야 할 애틋한 기록이라고, 잇시키 이로하는 그렇게 말하는 거다.

"……그렇지."

짤막하게 대꾸하고는 다시 카메라를 들었다. 그럼 이 사진은 일상의 기록일까, 아니면 비일상의 기록일까. 그런 생각을 하며.

× × ×

필요한 자료를 거의 다 갖추고 작업을 시작한 지 며칠이 흘렀다. 동아리 소개와 지역 명소 안내도 막힘없이 진행되었고, 인터뷰 기사도 대강 마무리 지었다. 디자인 작업도 순조로워 첫 페이지부터 차근차근 채워져 갔다.

앞서 말한 기사들은 자잘한 텍스트를 삽입하고 타이틀을 붙이는 등의 조정을 거치기만 하면 완성된 거나 다름없다.

각 동아리 부장들의 코멘트도 문장을 수정해가며 전체적인 가닥을 잡아놓았다.

순조롭다. 순조로웠을 터였다.

동아리 소개문에 동네 명소 기사는 물론, 인터뷰를 글로 옮기는 것과 잇시키어 해독 작업도 착실하게 수행했다. 취재 사진도 각 동아리에 확인을 마쳤다. 표지도 잇시키가 포토샵으로 수정하고 싶다고 조르는 걸 어르고 달래서 무사히 마무리 지었다.

그런데…… 그런데 어찌된 영문인지 아직도 내 원고는 끝나지 않았다.

"어쩌다 이 지경이 됐지……?"

성실하게 일했기 때문에? 그래, 분명 성실하게 일했다. 내 주된 업무인 기사 작성뿐 아니라 유키노시타의 일을 거들어주기도 했고, 유이가하마 대신 유희부에 코멘트 제출을 독촉하러 가기도 했다.

오늘까지 나치고는 대단히 착실한, 그리고 분주한 나날들을 보냈다. 그래서였을까……. 바쁜 일정에 치여 다른 일거리를 깜빡하고 만 것은…….

마감까지 앞으로 이틀! 이라는 상황에서 칼럼 하나가 오롯이 남아 있었다.

머리를 쥐어뜯는데, 옆에 선 잇시키가 페트병에서 녹차를 따라주었다.

"자, 드세요. 그럼 파이팅이에요."

그렇게 말한 잇시키가 페트병을 책상 밑의 미니 냉장고에 넣고, 대각선 맞은편에 있는 다른 책상에 앉았다.

평소와 다른 음료, 평소와 다른 책상, 평소와 다른 의자. 그리고 평소와 다른 공간.

현재 나는 학생회실에 감금되어 삼엄한 감시의 눈길 속에서 못다 쓴 칼럼을 쓰는 중이었다. 부실은 여전히 히터가 고장 난 상태라, 잇시키의 배려로 이곳 학생회실을 내 감방으로 쓰게 된 것이다.

흘끗 창밖을 보니 이미 해질녘이었다. 정확한 시간을 알고 싶어도, 평소에 시계 대용으로 써온 휴대폰을 압수당하는 바람에 알 도리가 없다. 학생회실 안을 둘러보니, 잔인한 숫자를 가리키는 시계바늘이 보였다.

수업이 끝나자마자 이곳으로 연행되어 한 발짝도 나가지 못했다. 왜냐하면 마감이 내일이기 때문이다.

끄아아아아, 나 살려……. 하나도 못 썼어……. 제 시간에 끝낼 수 있을 거란 생각이 눈곱만큼도 안 들어…….

어떻게든 문장을 쥐어짜내려고 하염없이 키보드를 두들겨 보지만, 결과물의 완성도가 납득이 가지 않아 도중에 지워버린다. 아까부터 내내 그 짓만 되풀이했다. 난 몰라, 난 몰라아아. 이대로는 마감에 못 맞춰어어!

책상에 앉아 처절하게 몸부림치자, 잇시키가 식겁한 기색으로 나를 바라보았다. 으아…… 라는 표정으로 고개를 절레절레 젓더니, 갑자기 뭔가를 깨달은 듯 재킷 호주머니를 뒤지기 시작했다.

"선배님, 전화요."

그렇게 말하며 호주머니에서 내 휴대폰을 꺼내 건네주려 했다.

하지만 마감을 앞두고 걸려오는 전화가 멀쩡한 용건일 리 없다. 뭣보다 닦달한다고 해결될 거였으면 애니메이션 총집편 따위는 필요 없을 테고, 작가 사정으로 발매 연기 같은 것도 존재하지 않을 거라고.

따라서 이럴 때의 전화는 발신자를 확인한 다음 무시하는 게 상책이다.

"……누군데? 편집자?"

물어보자, 잇시키가 어처구니없다는 듯 한숨을 쉬었다.

"대뜸 편집자란 말이 나오는 걸로 봐서는 아무래도 코너에 몰린 모양이군요……. 으음……. 아, 엄마라고 뜨는데요? 어머님 아닐까요?"

"……편집자의, 어머님? ……가족이 작당하고 나를 감시하는 거냐……."

"아니에요. 그럴 리가 없잖아요. 선배님 어머님이겠죠, 아마."

"그러냐. 나중에 다시 걸 테니 그냥 내버려둬라."

"아, 그래요?"

짤막하게 대꾸한 잇시키가 휴대폰을 도로 호주머니에 집어넣었다. 그리고 결산 자료인지, 제법 두툼한 서류 다발을 팔락팔락 넘기며 확인하고는 간간이 도장을 찍었다.

옆 사람이 일하면 나도 왠지 일해야만 할 것 같은 기분이 든단 말이지……. 하는 수 없이 타닥타닥 키보드를 두들기기 시작했다.

그리고 또다시 긴 시간이 흘러갔다.

창밖은 이미 어두컴컴했고, 이제 곧 하교 시각이다. 어느새 잇시키의 작업도 끝났는지, 도장 찍는 소리도 들려오지 않았다. 흘끗 곁눈질해보니, 잇시키는 스마트폰과 눈싸움을 벌이는 중이었다.

나도 오늘은 이쯤에서 접을까……. 아직 내일이 있으니까. 내일, 오늘보다 분발하면 끝나지 않으려나……?

그렇게 생각하자마자 집중력이 뚝 끊어졌다.

"글렀어. 오늘은 더는 못 써. 초조해하면 제대로 된 글이 안 나온다고. 기분전환 차원에서 일단 집에 가서 자는 수밖에."

호기롭게 선언하자, 잇시키가 스마트폰에서 고개를 들고 나를 보았다. 그 얼굴에 어린 것은 하여튼 못 말린다는 듯 어이없어하며 한숨을 쉬는, 다정한 표정이었다.

"휴우, 뭐 그러시던가요~."

"그렇지~? 뭐 좀 늦어도 상관없지~?"

라이터즈 하이라고 불러야 하나. 마감 직전의 과도한 스트레스와 연속 가동 상태에서 비롯되는 피로, 그리고 현실도피로 인한 수수께끼의 고양감에 그만 으하핫 웃음을 터뜨리고 말았다.

그러자 잇시키의 얼굴이 굳어졌다.

"……네? 늦는다고요?"

"아, 아니, 그건 아직 모른다만……."

실제로 고작 수천 글자의 칼럼이고, 오늘내일 죽어라 쓰면 못 쓸 것도 없다는 느낌이 들지 않는 것도 아니다. 다만 지금까지 몇 시간에 걸쳐 쓴 글이 수백 글자에 못 미친다는 점을 감안하면 상당히 험난할 것으로 예상된다.

그 사실을 솔직하게 털어놓기가 껄끄러웠다. 왜냐하면 설명하기도 전부터 잇시키가 머리를 감싸 안았기 때문이다.

"어떡해요…… 어떡하죠……? 있죠, 그거 역시 위험하겠죠?"

우웃 가냘픈 목소리로 신음하며 책상에 엎드린 잇시키가 천천히 나를 보았다. 그 눈망울은 희미하게 젖어 있었다. 그리고 "경비가~ 조기 할인이~ 추가 요금이~ 예산 오버가~ 결산 수지가~." 라고 나직하게 중얼거리며 오들오들 떨었다.

그 반응 덕택에 이해했다. 잇시키는 조기 할인 기한 내에 원고를 제출한다는 전제 하에서 무가지 발행 예산을 잡고,

벌써 결산 보고서에 그 금액을 기재해버린 거겠지.

물론 보고서 자체의 수정은 가능할 거다.

하지만 따지고 보면 이것도 다 어딘가의 뭐키가야 뭐치만이란 놈이 며칠 안에 어떻게든 해보겠다고 큰소리를 떵떵 치며 의뢰를 수락해놓고서, 자진해서 떠맡은 칼럼을 「그까짓 것 맘만 먹으면 일도 아니니까 걱정 말라고~.」라며 뒤로 미뤄버린 자만심이 초래한 결과다. 방심해선 안 돼……!

"……위, 위험하겠지. ……그래. 조, 좀 더 애써보마."

"저, 정말요? 제발 부탁드려요……."

글썽해진 눈으로 잇시키가 나를 올려다보았다. 그 표정에 여느 때 같은 영악함은 없었고, 그래서인지 평소보다 앳된 잇시키의 꾸밈없는 얼굴이 어른어른 비쳐보였다. 이런 모습을 봐버린 이상, 오기로라도 해내는 수밖에…….

절대로 어길 수 없는 마감이 그곳에는 존재한다.

× × ×

사실대로 말하면 난 이제 틀렸어. 느닷없이 이런 말을 해서 미안해. 하지만 정말이야.

몇 시간 후에 엄청나게 평범한 귀가종이 칠 거야.

그것이 마감의 신호야.

곧 조그만 가슴의 편집장이 올 테니 조심해.

그러고 나면 잠시 후에 종말이 찾아올 거야.

흐리멍덩한 머리로 멍하니 그런 생각을 했다.

절대로 어길 수 없는 마감이라는 둥 허세를 떤 게 어느덧 아련한 추억처럼 느껴지는 이튿날 방과 후. 나는 오늘도 어김없이 학생회실을 빌려 별실에서 홀로 감금 작업 중이었다.

어제는 그 후 다시 기합을 넣고 한동안 고군분투했지만, 결국 체력의 한계에 부딪혀 통한의 은퇴를 선언한 운동선수마냥 탈진해서 집으로 돌아갔다. 귀가 후에도 찔끔찔끔 이어 썼고, 수업 시간에도 스마트폰으로 깨작깨작 써내려갔지만 여전히 끝날 기미는 보이지 않았다.

그리고 지금, 아무도 없는 학생회실 창문 너머로 뉘엿뉘엿 저물어가는 저녁 해를 바라본다. 물론 원고에는 진전이 없다.

망했어, 망했어……. 손을 빨빨 놀리는 대신에 온몸을 발발 떠는데, 누군가 학생회실 문을 똑똑 두들겼다.

"힛키, 얼마나 했어?"

그렇게 물으며 들어온 사람은 유이가하마였다. 작업 진행도를 확인하러 온 모양이다.

"……나, 낮춰 잡아서 대충 70퍼센트쯤?"

"우와, 정말?! 대단해!"

"……남은 게."

기어들어가는 목소리로 덧붙이자, 유이가하마가 히에~!

하고 나직한 비명을 질렀다. 나도 비명을 지르고 싶어진다고. 내 한심한 작태에…….

힘없이 고개를 수그리자, 유이가하마가 타박타박 책상 쪽으로 다가와 내 어깨를 툭 쳤다.

"힘내! 괜찮아, 시간 안에 끝낼 수 있을 거야! 나두 여기서 같이 일할게!"

저기요, 지금 그러셔봤자 감시하겠다는 말로밖에 안 들립니다만…….

평소 같으면 감시 하에서 일하는 것 따위 사양이지만, 상황이 상황 아닌가. 긴장감을 유지하지 않으면 냅다 때려치워 버릴지도 모른다. 이게 아르바이트였으면 진작 튀었을 테지만, 어제는 잇시키, 오늘은 유이가하마한테 감시당하는 입장인 만큼 그럴 수도 없는 노릇이다. 오기란 게 있잖아, 사내자식에게는……!

다시 심기일전해서 원고와 씨름하기 시작했다. 중단한 곳부터 이어 쓰려고 마지막 부분으로 커서를 가져갔다. 그리고 몇 줄 힘겹게 쥐어짜내고 나니, 또다시 절망감이 엄습해왔다. 원고 여백을 볼 때마다, 들인 시간에 비해 써놓은 양이 너무나 적다는 현실에 직면하게 된다.

하루를 꼬박 쏟아 부어 완성한 양이 20퍼센트 남짓. 그런데 몇 시간 안에 남은 80퍼센트를 채우다니 물리학적으로 불가능하고, 만약 시간 안에 채우면 우주의 법칙이 무너진다고!

으아아…… 하고 현실에 녹다운되어 허우적대는데, 옆에서 내 키보드 소리와는 별개의 탁탁거리는 소음이 들려왔다. 흘끗 곁눈질하니 옆에 앉은 유이가하마가 한 손에 볼펜을 든 채로 계산기를 두들기는 중이었다.

"……뭐하냐?"

물어보자 유이가하마가 빨간 펜을 귀에 꽂은 채 이쪽을 돌아보았다.

"웅? 아, 이번에 쓴 돈 정산하는 거야. 보니까 좀 허술하더라구."

"잇시키, 그런 쪽은 영 서투니까……."

"우움, 하긴……. 그래두 그런 건 나랑 유키농이 챙김 되니까!"

유이가하마가 쓴웃음을 지으며 말했다. 그 미소에서 어딘가 언니다운 구석이 엿보이는 걸 보니, 저 녀석도 역시 잇시키를 후배로서 예뻐하는 거겠지.

문제는 그 귀여운 후배가 걸핏하면 성가신 일거리를 떠맡긴다는 점이다. 게다가 그 녀석, 애초에 맨 처음 봉사부를 찾아온 경위부터가 글러먹었고…….

하지만 일이란 워낙 다 그런 건지도 모른다.

누군가 한 명 새빨간 거짓말쟁이가 있고, 그 터무니없는 거짓말을 현실로 만들어가는 과정에서 일이 돌아가는 법이니까. 그 거짓말쟁이를 가리켜 세간에서는 프로듀서라고 부르기도 한다. 그런 면에서 잇시키는 프로듀서 체질이라고 할 수 있을지도 모른다. 그렇다면 이번 프로젝트에서 유키노시타는 디렉터, 유이가하마는 AD쯤 되려나. 저야 뭐 이번뿐만 아니라 번번이 맨 밑바닥 하청업자에 하찮은 사축 나부랭이였습죠, 아무렴요.

말단답게 부지런히 일이나 해야겠다는 생각으로 다시 화면을 노려보았다. 하지만 여전히 몇 줄 쓰다가 도로 지우기를 반복할 뿐, 도통 진도가 나가지 않았다.

이윽고 컴퓨터 화면을 보는 시간보다도 차츰 석양이 드리우는 창밖 또는 벽시계를 바라보는 시간이 늘어났다.

시간의 경과는 그 자체로도 정신에 압박을 가한다. 거기다 장시간 한 곳에 앉아 컴퓨터와 씨름한 데서 오는 피로감까지 겹쳐, 무심코 커다란 한숨을 쉬고 말았다.

"힛키, 괜찮아?"

그 요란한 한숨소리가 들린 탓인지, 앉아 있던 유이가하마가 자리에서 일어나더니 몇 발짝 다가와 내 옆에 섰다. 그리고 걱정스러운 표정으로 내 얼굴을 들여다보았다.

손을 뻗으면 닿을 만한 곳에 얼굴이 있었다. 숨소리가 들릴 것만 같은 거리다. 그 가까움과 눈이 마주친 데서 오는 낯 뜨거움에, 무의식적으로 목 근육을 푸는 시늉을 하면서 고개를 돌렸다.

"글쎄다. 스케줄 면에서는 안 괜찮을 거 같다만……."

얼버무리듯 딴청을 피우는데, 불현듯 양쪽 어깨에 무게감이 느껴졌다.

"시간 안에 못 대면 그땐 그때야."

고개만 돌려 살펴보니, 어깨 위에는 유이가하마의 조그마한 손이 살포시 놓여 있었다. 그 가느다란 손가락에 힘이 들어가며, 재킷 어깨를 지그시 감싸 쥐었다.

"나두 같이 사과할 거구, 이로하두 분명 이해해줄 거야. 어차피 처음부터 상당히 무모한 계획이었구."

"그야 확실히 무모하기는 했다만."

대답하며 그 손에서 벗어나려고 몸을 뒤틀었지만, 유이가하마는 손을 떼지 않았다. 이윽고 유이가하마가 내 어깨를 톡톡 가볍게 두들기기 시작했다.

"힛키 잘못두 아니구, 여기서 그냥 내팽개친다구 해두 탓할 수 있는 사람은 없어. 반드시 해내야만 하는 일두 아니구."

그 말은 조금 뜻밖이었다. 여태껏 봉사부가 수행한 의뢰에 유이가하마가 부정적인 뉘앙스를 내비친 적은 없었으니까.

그런 당혹스러움이 더해져 반사적으로 뒤돌아보자, 유이가하마의 얼굴에는 희미한 미소가 어려 있었다.

"……힛키가 힘들어하는 건 싫으니까."

"야, 너 치사하게 그런 식으로 나올래?"

무심결에 불쑥 튀어나온 말치고, 그 음성은 나 자신에게도 느껴질 만큼 부드러웠다. 긴장이 탁 풀렸다고나 할까. 저렇게 다정한 목소리로 어깨를 두들기며 말해주면 어깨 힘도 스르륵 빠져나가고 만다.

그리고 동시에 다시 힘이 들어갔다.

멋진 여자에게 그런 말을 듣고도 냉큼 물러설 수 있을 만큼 초탈한 인간은 아니다. 따스한, 달콤한 말을 들었기에 더더욱 그 말에 의존하고 모든 것을 내맡겨버리면 안 된다. 그렇기에 제아무리 시시껄렁한 안건일지라도, 터무니없는 난제일지라도 내팽개칠 수 없게 된다.

“치사한가……?”

유이가하마의 손놀림이 멎었다. 살포시 어깨에 얹혀 있던 손이 천천히 떨어졌다.

“엇, 아니, 그냥 말이 그렇다는 거고…….”

걱정해주는 사람에게 치사하다니, 말이 좀 지나쳤다. 의자를 빙글 돌려 정자세로 유이가하마를 마주보았다. 그리고 횡설수설하며 적당한 표현을 찾아 헤맸지만, 유이가하마는 내가 미처 말을 잇기도 전에 힘차게 고개를 끄덕였다.

“……응, 맞아. 나 치사한지두!”

유이가하마가 밝은 미소와 목소리로 뭔가 납득한 것처럼 말했다. 그 반응의 의도를 짐작할 수 없어, 최대한 정확한 뉘앙스를 전달하려고 애쓰며 입을 열었다.

“그런 뜻으로 한 말이 아니라, 그 뭐냐, 오히려 좋은 의미라고나 할까…….”

그러나 유이가하마는 살며시 고개를 저으며 내 말을 가로막았다.

“아마두 나, 진짜루 치사하다구 생각해. ……언제나 똑바루 말려주지 못하구, 똑바루 도와주지두 못하구. 게다가…… 그 밖에두 또 이것저것.”

생각을 정리해가며 하는 말이라서인지, 유이가하마의 설명은 무척 어눌했다. 하지만 그만큼 진심이 담긴 말일 테지. 무안한 듯 웃으며 고개를 돌리고 흐려버린 말끝처럼, 얼버무리고픈 감정도 존재하는 거다.

그럼에도 유이가하마는 그 모든 것을 빠짐없이 전하고자, 나를 똑바로 응시했다.

“그니까, 그니까 말야. ……다음에 또 이런 일 있음, 똑바루 할게.”

그 진지한 표정과 느릿하게 흘러나온 말에는 공허한 애매함과 현실감이 있었다. 언젠가는 누구나 똑바로 한다. 그래야만 한다. 무엇을 어떻게 하면 그게 가능한지는 모르지만. 분명히 누구나 막연히 그렇게 생각하는 거겠지.

물론 그 점은 나도 예외가 아니다. 그러니 지금은 당장 눈앞에 닥친 과제부터 똑바로 처리해야겠지. 의자를 돌려 다시 노트북을 마주했다.

"됐어. 매번 내가 멋대로 일을 치는 것뿐인데 뭐. 말리지 않은 쪽이 잘못한 게 아냐. 애초에 상식적으로 생각 없이 맡아버리는 놈 잘못이지……. 그러니까 뭐…… 어떻게든 해 보마."

"……그래? ……그럼 우리 힘내자!"

씩씩하게 외친 유이가하마가 내 등을 팍 떠밀었다.

× × ×

싫어 싫어! 집에 갈래! 몰라! 탈고도 교정도 교열도! 마감에 쫓기는 것도 감금당하는 것도 넌덜머리가 나! 일도 원고도 다 때려치울래!

우와앙~ 하고 울부짖으며 책상에 털푸덕 엎어졌다. 현재 학생회실에는 나밖에 없다. 마음껏 울부짖어도 된다.

유이가하마에게 작업 도중의 데이터를 넘겨주고 그 출력본을 유키노시타에게 가져다주도록 하고 나자, 내 집중력도 완전히 바닥나고 말았다.

그래도 어찌어찌 80퍼센트 가량은 완성했다. 유이가하마가 사기를 북돋아준 것도 한몫해서, 나치고는 무진장 분발한 편이라고 할 수 있다.

그러나 남은 20퍼센트. 좀처럼 영감이 내려와 주지 않아, 의자 등받이에 드러누워 천장을 올려다보았다. 아아, 일루

미나티가 내려와 주지 않으려나……. 빨리 이 일에서 영구 이탈하고 싶은데.

집중력은 무한정 지속되는 게 아니라 일시적으로 발현된다. 고로 하루 이틀 밤을 새운다고 작업이 획기적으로 진척될 리 없고, 평상시부터 계획적으로 차근차근 진행해나가는 게 중요하다. 하지만 그 사실을 마감 직전에 깨달아봤자 아무런 의미도 없단 말이지. 거참 시험 볼 때하고 다를 게 하나도 없구만.

천장에 시선을 고정한 채, 배터리가 떨어진 것처럼 멍하니 앉아 있는데, 누군가 학생회실 문을 똑똑 두들겼다. 대답할 기운조차 없어 문 쪽을 돌아보자, 반응이 없음에도 그 인물은 스스럼없이 안으로 들어왔다.

"끝났니?"

그렇게 물어온 사람은 어깨에 가방을 멘 유키노시타였다.

"……끝났으면 벌써 말했지."

"하기는 그렇구나."

납득한 기색으로 말한 유키노시타가 타박타박 내 옆으로 걸어오더니, 가방에서 첨삭을 마친 프린트 용지를 꺼냈다.

"아까 넘겨받은 출력본이야. 여기, 문장 뒷부분이 빠졌어."

"그, 그래."

첨삭본을 건네받아 주르륵 훑어보니, 빠진 문장을 비롯해서 몇 군데 자잘한 실수들이 눈에 띄었다. 수정된 내용을 원고에 반영하는데, 옆에서 계속 인기척이 났다.

"……아직 뭔가 볼일이 남았냐?"

"아, 아니…… 딱히 볼일이라고 할 정도는 아니야."

조금 당황한 기색으로 말한 유키노시타가 등 뒤에서 손깍지를 끼더니, 그대로 한 발짝 뒤로 물러나 옆에 있는 의자를 뺐다. 그리고 한동안 가방을 부스럭부스럭 뒤지다가 클리어 파일 하나를 꺼내서 뭔가 작업에 착수했다.

아무래도 유키노시타도 여기서 일하며 나를 감시할 요량인가 보다. 유키노시타가 여기 나타났다는 말은 정말로 마감이 임박했다는 뜻이다.

새삼 압박감을 느낄 이유도 없다. 마감이 간당간당하다는 것쯤이야 익히 알고 있으니까.

넘겨받은 출력본에서 바뀐 부분을 전부 수정한 후, 남은 20퍼센트의 원고를 마무리 짓고자 화면을 스크롤했다.

남은 분량은 고작 수백 자.

그만큼만 쓰면 공간을 채우는 것 자체는 가능하다.

가능하지만, 이 칼럼의 완성도가 끔찍한 수준이면 욕먹는 사람은 편집장인 잇시키다. 경솔하게 수락해놓고 잇시키가 까이는 걸 뒷짐 지고 지켜볼 수도 없는 노릇이다.

그렇다면 결국 어느 정도의 퀄리티를 내는 수밖에 없다. 더 정확히는 엉망으로 써 갈겼다간 우선 편집 담당인 유키노시타, 그리고 편집장인 잇시키한테 퇴짜를 맞을 테지. 그 수정에 쫓길 바에야 처음부터 각 잡고 쓰는 편이 낫다.

최후의 기력을 짜내어 키보드를 두들겼다. 디스플레이에 표시된 시각이 1분 2분 흘러가고, 한 줄 또 한 줄 여백이 줄어든다.

이윽고 내 손이 우뚝 멎었고, 더 이상 움직이지 않았다. 부지불식간에 기진맥진한 음성이 흘러나왔다.

"……끝났어."

"어머, 정말이니?"

내 목소리가 들렸는지, 유키노시타가 기쁜 얼굴로 일어서려 했다. 그것을 만류하고자 손을 치켜든 자세 그대로, 내 몸이 앞으로 기울어지며 책상에 털푸덕 쓰러졌다.

"다 끝났어. 못해, 안되겠어. 더는 아무것도 생각이 안 나. 한 글자도 못 쓰겠다고……."

"그런 뜻이었니……?"

유키노시타가 어처구니없다는 듯 한숨을 쉬며 도로 의자에 앉았다.

"그러면 곤란해. 이젠 정말 시간이 얼마 안 남았는걸."

"그거야 나도 안다만……."

그 점은 지나칠 만큼 잘 안다. 하지만 아무리 애써도 머리가 돌아가 주지를 않는다. 애초에 근로 의욕이라곤 전무한 뇌이다 보니, 어쩔 수 없는 일이란 느낌마저 든다. 한계까지 꽉꽉 비틀어 짠 행주에서 물이 한 방울도 떨어지지 않는 것처럼, 이제는 단 한 글자도 떠오르지 않았다.

등받이에 털썩 드러누워 천장을 올려다보았다. 이젠 다 끝났어—.

키보드에 올라간 채 오므라진 손은 멈춰버린 후에도 그 위를 떠날 줄 몰랐고, 그런 주제에 상체는 한껏 뒤로 젖힌 상태라 꼭 죽어 널브러진 벌레 같았다. 나는 버러지다……. 마감도 못 지키는 무능한 날벌레. 내일부터는 인섹트 하치만을 자처할 테다. 그리고 남의 카드를 바다에 버릴 테다…….

천장을 바라보며 멍하니 넋을 놓고 누워 있는데, 그 시야에 유키노시타가 불쑥 나타났다. 나를 내려다보는 그 얼굴에서는 어딘가 안절부절못하는 기색이 느껴졌다.

"……자, 이거."

유키노시타가 그렇게 말하며 내 가슴에 손수건으로 감싸인 무언가를 툭 올려놓았다.

고개를 들고 손수건에 감싸인 물건을 집어 들자, 희미한 온기가 느껴졌다. 고양이 발자국이 앙증맞게 찍힌 손수건을 풀자, 안에서 MAX 커피가 나왔다. 나름대로 보온에 힘쓴 기색이 엿보였다.

그것을 보자 저절로 미소가 새어나왔다.

"기분 전환하렴. 가만히 화면만 노려본다고 될 문제도 아니잖니. 잠시 휴식을 취하도록 해."

슬그머니 시선을 피하며 말한 유키노시타가 다시 자기 자리로 돌아가서 작업을 재개했다.

"땡큐……."

기왕 챙겨다준 사식이니 고맙게 먹기로 했다. 뚜껑을 따서 홀짝홀짝 MAX 커피를 마시며 멍하니 유키노시타의 옆 모습을 바라보았다.

그 사이에도 유키노시타의 손은 잠시도 가만있지 않았다. 조용한 가운데, 빨간 펜이 쓱쓱 종이 위를 노니는 소리만이 들려왔다. 그런데 그 횟수가 이상하게 많은 느낌이 들었다.

"……미안. 그렇게 심각하냐?"

"뭐?"

말을 붙이자 유키노시타가 이쪽을 돌아보았다. 그러다 내 말뜻을 이해했는지, 자기 손맡에 놓인 종이로 시선을 떨구었다. 그리고 빨간 펜으로 자기 입술을 톡톡 치며 입을 열었다.

"……그래. 하지만 전부 오탈자와 변환 미스 정도야. 눈에 띄게 이상한 건 없으니 걱정하지 마렴. 오탈자는 오히려 다른 두 사람이 더 많았을 정도인걸."

유키노시타가 쿡쿡 웃으며 농담조로 말했다. 그 모습은 여느 때보다 약간 앳되어 보였고, 나이에 어울리는 느낌을 주었다.

"아니, 아까부터 뭔가 엄청나게 첨삭하길래 좀 불안해져서."

"아, 한자 독음 다는 걸 깜빡했길래 직접 써넣은 것뿐이야. 수정은 겸사겸사 하는 거고."

"번거롭게 해서 미안하다."

별 생각 없이 한 말이었건만, 유키노시타가 바쁘게 움직이던 손을 멈추고 빨간 펜을 가만히 책상에 내려놓았다. 그리고 어깨를 축 늘어뜨리며 풀죽은 표정을 지었다.

"……나야말로 미안해. 작업 진행도를 꼼꼼하게 체크했어야 했어. 너도 실수를 한다는 것 정도는 알고 있었는데."

"엇, 아냐. 그냥 내 예상이 얄팍했을 뿐인데 뭐. 그보다 뭐냐 그거. 고단수의 비꼼이냐……?"

내 말에 유키노시타가 미소를 지으며 고개를 가로저었다.

"그것도 있지만……. 내 예상도 얄팍했다는 뜻이야."

역시 어느 정도는 비꼰 거 맞잖아…….

그래도 서로 예상이 빗나갔음은 틀림없다. 나에 대해, 유키노시타에 대해. 또 자기 자신에 대해. 여전히 이해의 영역에는 이르지 못했다. 그것은 지금 창밖에 펼쳐진 해질녘 하늘처럼, 낮이라고도 밤이라고도 판단하기 어렵고, 알아냈다고 생각했을 때는 또다시 시시각각 다른 색으로 변해가는 법이니까.

"결국 내가 제일 한 일이 없구나."

가만히 석양을 바라보던 유키노시타가 중얼거렸다.

"그 정도면 충분해. 나나 유이가하마도 스케줄 조정이나 진행 관리에는 서투니까. 잇시키도 허풍떠는 거나 얼렁뚱땅 끼워 맞추는 건 능숙해도, 계획적으로 일을 추진해나가는 타입이 못 되고……."

대답하며 나도 같은 저녁노을을 바라보았다. 그래도 분명 나와 유키노시타의 눈에 비치는 색은 다를 테지. 빨강, 분홍, 진홍, 혹은 다홍, 자주색. 어쩌면 주홍색일지도 모른다. 그게 어떤 빛깔이든 딱히 상관은 없지만.

"아무튼 그러니까…… 상당히 도움이 됐다고."

하늘에서 눈을 떼고 학생회실로 시선을 돌렸다.

비쳐드는 석양이 학생회실을 붉게 물들였다. 옆에 앉은 유키노시타를 돌아보았지만, 고개를 수그린 채라 어떤 표정인지는 알 수 없었다. 다만 머리카락 사이로 설핏 드러난 귓바퀴와 목덜미도 붉게 물든 채였다.

"……그렇다면 다행이지만."

나직하게 한숨을 내쉰 유키노시타가 자신 없는 기색이 묻어나는, 듣기에 따라서는 토라진 것처럼 느껴지기도 하는 조그만 목소리로 중얼거렸다.

하지만 그것도 잠시뿐. 금방 도로 고개를 들더니, 어깨에 내려앉은 머리카락을 쓸어 넘기며 평소와 다름없이 의연한 음성으로 말했다.

"향후 스케줄을 조정해서 조금 시간을 벌어볼게."

"엇, 그, 그래……. 엉? 뭐야, 그게 가능해?"

물어보았지만 유키노시타는 대답하지 않았다.

그 대신 휴대폰으로 어딘가에 전화를 걸기 시작했다.

"……유이가하마? 방침을 변경할게. 예정 시각까지 마치지 못하면 지금까지 완성된 분량만 텍스트를 삽입해서 제출, 마지막 부분은 더미로 적당히 입력해뒀다가 교정 단계에서 수정. 이상이야. 잇시키에게도 전해주겠니? ……그래, 부탁해."

통화를 마친 유키노시타가 제대로 전달됐는지 확인하는 눈빛으로 나를 보았다.

"……그래도 괜찮냐?"

"어디까지나 마감에 대지 못했을 경우를 상정한 긴급 조치일 뿐이야. 추가될 수정 비용은 예산에 반영해뒀으니 문제의 소지는 없어. 다만 그렇게 되면 최종 체크가 불가능해진다는 점이 걱정이지만…… 불가피한 상황이니 어쩔 수 없잖니."

그렇게 말한 유키노시타가 미소 지었다. 예기치 못한 사태가 벌어질 때를 대비해, 최후의 수단으로 완충재를 둔 변칙적인 스케줄도 준비해놓았던 거다.

하여간 남한테 무르다 무르다 하면서, 정작 진짜 무른 건 어디의 누구냐고.

하긴 내가 호구라는 사실은 부정할 수 없다. 다만 호구는 호구일지언정, 탁월한 청개구리 기질을 지녔다. 그래서 이렇게 잘해주면 도리어 반항심이 싹튼다.

남은 MAX 커피를 꿀꺽꿀꺽 들이켜고 빈 캔을 힘차게 내려놓았다. 스틸 캔과 철제 책상이 부딪치며 깡 소리를 냈다.

"끝내마."

단호하게 선언하고 다시 컴퓨터와 마주앉았다.

"……그래? 그러면 힘내렴."

나직하게 건넨 말은 짧았지만, 충분하고도 남을 만큼 또렷하게 귓가를 파고들었다.

× × ×

휴식을 취한 덕분일까, 아니면 MAX 커피의 당분이 뇌 구석구석까지 스며든 덕분일까. 남은 분량을 채우고자 키보드 위를 내달리는 손길은 그칠 줄 몰랐다.

시간가는 줄 모르고 줄기차게 써내려가다 보니, 어느새 유이가하마와 잇시키도 학생회실에 와 있었다.

여성 3인방은 내 대각선 맞은편에 옹기종기 모여앉아 잠자코 뜨거운 시선을 보내며, 오직 내가 작업을 마치기만을 학수고대하는 중이었다.

시, 신경 쓰여…….

그럼에도 꿋꿋하게 한 줄 한 줄 적어나간 끝에, 마지막으로 대미를 장식하는 문장을 썼다. 엔터키를 친 후에도, 내 손은 좀처럼 키보드 위를 떠날 줄 몰랐다. 그저 그 문장을 연거푸 눈으로 훑고, 그보다 나은 문장이 나오지 않는다는 사실을 확인하고서야 비로소 종지부를 찍었다는 실감이 났다.

"이번에야말로 정말 끝났다……."

몸에서 힘이 쫙 풀려, 등받이에 털썩 드러누워 팔을 덜렁 허공에 늘어뜨렸다. 후우 안도의 한숨을 내쉬는데, 유키노시타가 옆자리로 다가왔다.

"살펴봐도 되겠니?"

"……어."

노트북을 쓱 밀어주자, 유키노시타가 재빨리 체크에 들어갔다. 유이가하마와 잇시키가 그 모습을 긴장한 기색으로 지켜보았다. 반면에 내게서는 긴장감 따위 찾아볼 수 없었다. 왜냐하면 나는 이제 자유니까! 마감? 몰라, 그딴 거! 으하핫! 나는 자유다! 힘차게 포효하고픈 충동을 억누르며, 유키노시타가 검토를 마치기를 기다렸다.

그리고 얼마간의 시간이 흐른 뒤, 유키노시타가 화면에서 고개를 들었다.

"……문제없어. 잇시키, 확인 부탁해."

"네, 네에!"

뒤이어 잇시키가 최종 점검에 들어갔지만, 유키노시타의 체크를 통과한 이상 십중팔구 별 문제는 없겠지. 이로서 내

할 일은 다 끝났다. 이야, 마감이란 개념이 존재하지 않는 세계는 역시 최고구만!

해방감에 흠뻑 젖어 있자니, 유이가하마와 유키노시타가 말을 걸어왔다.

"힛키, 수고했어."

"……수고 많았어."

"어, 너희들도 수고했다. 늦어서 미안."

맞다. 하도 강렬한 해방감에 그만 나 혼자 해낸 줄로 착각할 뻔했지만, 이번 일에 한해서는 나를 감시하는 사람이 없었더라면 십중팔구 중간에 토꼈을 거다.

그 점을 감안하면, 오히려 감시의 눈길이 있었기에 지금의 행복감을 맛볼 수 있었다 해도 과언이 아니다.

……그 말은 곧 편집자와 마감은 합법 마약이나 다름없단 뜻이다. 고로 철저하게 규제해야 한다. 마감, 당신의 인생을 좀먹습니다.

"확인했어요. 문제없네요."

잇시키가 노트북을 탁 덮으며 말하자, 유키노시타도 동의하며 고개를 끄덕였다.

"시간 내에 무사히 마쳤으니, 부실에서 홍차라도 마실까?"

"우와, 뒤풀이구나!"

"그러게요!"

유이가하마와 잇시키가 쾌재를 부르며 맞장구를 쳤다. 그 반응에 유키노시타가 잇시키에게 째릿 차가운 시선을 보냈다.

“너는 전체를 최종 체크해야지. 그리고 일단 히라츠카 선생님께 보고해서 확인을 받아두렴. 그게 편집장의 역할이야.”

“네에~?”

잇시키가 불만스러운 기색을 드러내자, 유키노시타의 눈썹이 꿈틀했다. 그 험악한 분위기를 감지한 유이가하마가 얼른 끼어들었다.

“자자, 이로하. 우린 한동안 남아 있을 거니까, 일이 마무리되면 부실루 와. 알았지?”

“으……. 알았어요. 후다닥 마치고 바로 갈게요!”

말이 끝나기가 무섭게 빨간 펜을 집어 든 잇시키가 눈에 불을 켜고 확인 작업에 들어갔다. 그 모습을 곁눈질하며 우리는 복도로 나왔다.

부실로 가는 길에 유키노시타가 후우 나직한 한숨을 쉬었다.

“……잇시키, 처음부터 저렇게 의욕적인 모습을 보여주면 좋을 텐데.”

“이로하, 마음만 먹음 잘하는 애니까.”

“꼭 있다니까. 코너에 몰리기 전까지는 안 하는 녀석.”

유이가하마의 말에 무심코 쓴웃음을 지으며 말하자, 유키노시타가 짓궂게 웃으며 나를 돌아보았다.

“어머, 누구더러 하는 말이니?”

"일반론이다만."

× × ×

어제 히터 수리공이 왔다 갔는지, 봉사부실은 지난번과는 딴판으로 따끈따끈 후끈후끈했다.

학생회실도 딱히 불편한 공간은 아니지만, 역시 부실이 더 마음 편하다. 단순히 정서적인 이유에서라기보다는 보다 본능적인, 영역 의식에 가까운 감정이라는 느낌도 든다. 하긴 1년 가까이 뻔질나게 드나들었으면 설령 개나 고양이라 할지라도 그곳을 자기 영역으로 인식할 테니까. 그 점에서는 나도 다를 게 없다.

하지만 그 익숙한 공간도 요 며칠간의 무가지 편집 작업으로 인해 다소 어수선해진 느낌이 들었다.

유키노시타가 홍차를 우리는 사이, 나와 유이가하마는 어지럽혀진 부실을 치우기로 했다.

각종 서류를 정리하고 쓰레기를 내다 버린다. 대강 정리를 마치고 고개를 절레절레 흔들며 의자에 앉는데 유이가하마가 아, 하고 탄성을 질렀다. 돌아보니, 그 손에는 취재할 때 썼던 카메라가 들려 있었다.

"우리 사진 찍자, 사진! 봉사부 사진!"

유이가하마의 제안에 유키노시타가 눈살을 찌푸렸다. 그

반응에 유이가하마가 고개를 갸웃하며 허락을 구했다. 유키노시타가 거듭 고개를 젓자, 이번에는 유이가하마가 반대쪽으로 고개를 갸웃했다.

둘이 그렇게 표정만으로 실랑이를 벌이는데, 부실 문이 드르륵 열렸다.

"날림으로 해치우고 왔어요!"

그렇게 말하며 들어온 사람은 다름 아닌 잇시키였다. 저기, 굳이 날림이란 말은 안 해도 될 거 같다만……. 다가오던 잇시키가 카메라를 든 유이가하마를 발견하고 어? 하고 나직하게 놀라움을 표시했다.

"아, 학생회 카메라가 여기 있었군요. 그거요, 더 쓰실 거예요~?"

"봉사부 사진을 찍겠다는구나."

유키노시타가 남 말하듯 대답했다. 저기요, 댁도 부원이거든요……? 심지어 부장이거든요?

"그럼 제가 찍어드릴게요."

"아, 이로하두 같이 찍어."

"네, 이따가 꼭 찍어요! ……그러니까 우선 봉사부 선배님들끼리 한 장 찍으세요."

미소 띤 얼굴과는 대조적으로 딱 부러지게 사양한 잇시키가 유이가하마에게 손을 내밀었다. 어쩌면 잇시키 나름의 배려일지도 모른다. 그 점은 유이가하마도 이해했는지, 흔

쾌히 카메라를 건네주었다.

"그럴까? 고마워. 그럼 잘 부탁해! 나중에 다 같이 찍자!"

"저기, 나는 찍겠다는 말은 한 마디도 안 했는데……."

"유키농, 구차하게 굴지 마."

유이가하마의 따끔한 지적에 유키노시타가 입을 다물었다. 하긴 어차피 막판에는 유키노시타가 꺾일 게 뻔하고……. 뻗대봤자 결과는 달라질 게 없다. 그 점은 나도 마찬가지지만.

그때 문득 저 카메라에는 한 가지 문제가 있다는 사실이 떠올랐다.

"……찍든 말든 내 알 바는 아니다만, 그거 메모리카드 용량 꽉 찼는데."

"아참, 그랬죠. 선배님, 테니스부에서 진짜 미친 듯이 찍어댔거든요~."

"도대체 뭘 찍었는데 그렇게 용량을 잡아먹은 거니……."

유키노시타가 기막히다는 표정으로 중얼거리는 한편, 유이가하마는 우움~ 하고 생각하다가 가만히 고개를 끄덕였다.

"테니스부……. 사이겠네……. 그럼 할 수 없지."

"유이 선배님, 그걸로 납득한 거예요?!"

끝내 포기 당해버렸나……. 아니지, 인정받았을 가능성도 눈곱만큼은 있으려나……? 그렇게 생각하는데, 잇시키가 손바닥을 탁 치더니, 꼬물꼬물 재킷 호주머니에 손을 찔러

넣었다.

"용량이 없으면 이 스마트폰으로 찍을까요~?"

그렇게 말하며 꺼낸 것은 내 휴대폰이었다. 그러고 보니 오늘도 잇시키한테 맡겨둔 채였지.

"어, 그래. 뭐 용량은 충분하니까 상관은 없다만."

"그럼 이걸로 찍을게요."

윙크하며 말한 잇시키가 냉큼 휴대폰을 들고 구도를 잡기 시작했다. 이것도 잇시키 나름의 배려이려나. 솔직히 저 녀석은 속을 잘 모르겠단 말이지…….

"으음, 그럼 선배님은 그냥 앉아 계시고요, 유이 선배님이랑 유키노시타 선배님이 그 뒤에 서시면 되겠네요."

"알았어~!"

"저, 저기……. 휴우……."

잇시키가 척척 지시를 내리자, 유이가하마가 떨떠름해하는 유키노시타의 팔을 잡아끌었다. 그러자 유키노시타도 마침내 저항을 포기했는지 둘이서 내 뒤에 나란히 섰다. …… 내 뒤?

"……어라? 잠깐만, 이 구도 뭔가 이상하지 않냐? 뭔가 시치고산[#19] 가족사진 같이 돼버리는 거 아냐? 좀 떨어지는 편이 낫지 않아?"

#19 시치고산 남자아이는 3, 5세, 여자아이는 3, 7세 되는 해의 11월 15일에 아이의 성장을 축하하는 전통 명절.

뭣보다 가까워! 가깝다고! 사진 찍는 것까지는 그렇다 쳐도, 가까우면 살짝 긴장해버리니까 자제해줬으면 한다.

끼익 의자를 틀어 거리를 벌리려 했지만, 양쪽에서 어깨를 꽉 붙들리고 말았다. 올려다보자 유키노시타가 생긋 차가운 미소를 지었다.

"히키가야, 구차하게 굴지 마렴."

"너나 잘해……."

"이로하, 준비됐어~!"

유이가하마도 덩달아 내 어깨를 꾹꾹 누르며 잇시키에게 신호를 보냈다.

"그럼 찍을게요~. 자아, 치~즈!"

플래시가 잇달아 터져 나오며 셔터 누르는 소리가 들렸다. 끄아, 나 분명 이상한 표정으로 찍혔겠지……. 시치고산처럼 나왔을 거야…….

시름에 젖어 있는데, 잇시키가 종종걸음으로 다가와 내 스마트폰을 돌려주었다.

"자요, 선배님. ……좋은 사진이네요."

그렇게 말하며 잇시키가 조금 어른스러운 미소를 지었다. 그 미소의 의미를 굳이 캐묻지는 않았다. 틀림없이 말 그대로의 의미밖에 없을 테니까.

"힛키, 그거 나한테두 보내줘. 아참, 맞다. 이로하! 같이 찍어!"

"네! 그럼 선배님, 예쁘게 찍어주세요~."

잇시키가 내 어깨를 탁 치고는 서둘러 유이가하마와 유키노시타 곁으로 다가갔다.

"나는 빠지고 싶은데……."

"아이참, 안 된다니까 그러네. 다 함께 찍자구!"

"어떻게 설까요~?"

셋이서 구도를 두고 아웅다웅하는 사이, 내 휴대폰을 슬쩍 보았다. 그곳에는 아까 봉사부원들끼리 찍은 사진이 있었다.

……확실히 생각보다는 나쁘지 않은데. 시치고산 같지도 않고.

게다가 이 사진 속에는 예전에 뭐라고 써야할지 알 수 없었던 봉사부의 모습이, 우리들의 모습이 고스란히 담겨 있는 것처럼 느껴졌다. 그러니 생각보다는 나쁘지 않다.

여전히 명칭도 정의도 불명확하다. 아마도 말이 아니기에 공유할 수 있는 거겠지. 말로 해버리면 십중팔구 어긋나버릴 마음에 형태를 부여해 단단히 비끄러맨다.

"힛키, 찍어줘~!"

"……오냐."

유이가하마가 시키는 대로 일어서서, 스마트폰 카메라를 그쪽으로 향했다.

유이가하마는 늘 그렇듯 밝고 활기찬 미소로.

잇시키는 그 특유의 얼짱 각도로.

그리고 그 둘에게 양쪽에서 끌어안긴 유키노시타는 조금 성가신 기색이면서도 쑥스러운 듯 얼굴을 발그스름하게 물들인 채로.

그렇게 지극히 평범한 일상의 한 장면을 앞으로 얼마나 더 쌓아나갈 수 있을까.

언젠가 이 사진을 보며 그리움을 느낄 나이가 되었을 때, 그 추억은 과연 어떤 아픔을 동반하게 될까.

그런 생각을 하며 셔터를 눌렀다.

④

그리하여
히키가야 일가의 밤은
깊어간다.

한겨울의 밤바람이 창문을 두들기자, 거실 유리창이 덜컹거렸다. 고타츠 속에서 뒹굴거리던 몸을 일으켜 바깥을 내다보았다. 어느새 밤도 이슥해져, 새카만 어둠 속에 가로등 불빛이 점점이 떠다닐 뿐이었다.

부모님은 결산을 앞두고 트러블이 생겼다느니 뭐니 해서 밤늦게나 돌아올 모양이다. 지금 집에는 나와 코마치밖에 없다. 그 코마치하고도 요즘은 얼굴을 마주하고 이야기하는 시간이 거의 없다시피 한 실정이었다. 이제 시험이 얼마 남지 않았다. 오늘도 변함없이 방에 틀어박혀 수험 공부에 열을 올리는 중이겠지.

또다시 휭휭 보기만 해도 오싹한 칼바람이 휘몰아쳤다. 이곳 거실도 약하게 난방을 틀어놓았지만, 창가에는 냉기가 서려 있었다.

코마치는 춥지 않으려나……? 그렇게 생각하며 코마치 방이 있는 쪽 벽을 바라보았지만, 그 너머에서는 아무런 소리도 들려오지 않았다. 시간도 시간이고, 벌써 잠자리에 들었을 테지.

나도 슬슬 잘까 싶었지만 고타츠의 안락함에 취해 도로 그 속으로 기어들어가 벌러덩 돌아누웠다. 그러자 실수로 걷어차 버렸는지, 안에서 고양이 카마쿠라가 꾸물꾸물 기어 나왔다. 그리고 내게 찌릿 못마땅한 시선을 보내왔다. 엇, 미, 미안…….

마음속으로 사과하자 카마쿠라는 흥하고 콧방귀를 뀌고는 할짝할짝 털을 고르기 시작했다. 그 작업이 끝나자 귀를 쫑긋 곤두세우더니, 문 쪽으로 고개를 돌렸다.

이윽고 찰칵 문이 열리며, 내가 물려준 추리닝을 입은 코마치가 느릿느릿 거실로 들어왔다.

"뭐야, 너 아직 안 잤냐?"

"그게, 어중간한 시간에 졸아버려서, 지금은 눈이 말똥말똥해……."

그렇게 말하며 보란 듯이 크고 동그란 눈망울을 내게로 향했다. 그래, 그럴 때가 있지. 집에 와서 소파나 고타츠에 드러누워 빈둥거리다가 그대로 곯아떨어지는 바람에 밤잠을 설치는 경우.

그런 얕은 잠이 효과적으로 작용할 때도 있지만, 시기가 시기다. 시험을 목전에 두고 생활 리듬이 흐트러지는 원인이 될 수도 있다.

"잠이 안 와도 자둬라. 그러다 내일 고생한다."

"응. 배고프니까 뭐 좀 먹고 나서."

코마치가 어깨를 빙글빙글 돌리며 곧바로 부엌으로 향했다.

"으아……."

잠시 후 코마치가 난감한 듯 신음했다. 무슨 일인가 싶어 꿈지럭꿈지럭 몸을 일으켜 부엌을 들여다보니, 코마치가 냉장고 안을 바라보며 우두커니 서 있었다.

……아, 맞다. 그러고 보니 요전에 엄마가 장봐오라고 시켰었지. 뜬금없이 전화를 걸어오는 바람에 뭔가 했다고, 그때. 그 심부름도 무가지 제작에 쫓겨 새까맣게 잊고 말았다. 내 밥은 그냥 적당히 때워버렸으니……. 식료품도 거의 바닥났을 테지. 그 휑한 냉장고를 바라보며 코마치가 끙끙 신음하기 시작했다. 미안하다, 오빠가 장보는 걸 깜빡하는 바람에 그만……. 안 돼, 이대로는 내 잘못으로 코마치가 쫄쫄 굶게 되어버린다.

"……하는 수 없지. 내가 뭔가 만들어주마."

"어……. 아냐, 괜찮아."

코마치의 어깨를 툭 치며 말하자, 뒤돌아본 코마치가 도리도리 고개를 저었다.

"됐어. 사양할 거 없다니까."

"아니, 진짜 괜찮다니까. 그보다 제발 하지 마 부탁이야. 코마치 배탈 나기 싫단 말이야."

코마치가 마구 손을 내저으며 다급히 뜯어말렸다. 윽, 정색하고 거부하기냐, 이 녀석……. 그래도 만들면 일단 먹어는 주겠다는 거군. 아유, 착하기도 하지! 그래도 말은 가려서 하려무나!

“나도 출출하던 참이고, 어차피 만들 거야. 네 몫은 덤이라고, 덤.”

코마치의 등을 부드럽게 밀어내고 대신 부엌에 섰다. 그러자 코마치도 마지못해 수긍했다.

“뭐, 정 그렇다면야…….”

말은 그렇게 했지만 영 못미더운지, 찬장과 냉장고를 뒤적거리는 내 뒤를 감시하는 것처럼 졸래졸래 따라다녔다.

냉장고 안에서 달걀과 우유, 가운데 구멍 뚫린 어묵을 찾아냈고, 찬장에서는 봉지 라면과 콘비프 캔을 발굴해냈다. 이 정도면 충분하겠지. 그 식재료를 주르륵 조리대 위에 늘어놓자, 등 뒤에서 코마치가 빼꼼 얼굴을 내밀었다.

“이런 시간에 그런 거 먹으면 살쪄…….”

“괜찮아괜찮아 코마치는 어떤 모습이든 귀여우니까 그럼그럼.”

“우와, 저 성의라곤 없는 대답 좀 봐…….”

코마치가 툴툴거리는 사이 냄비에 물을 붓고 가스레인지에 올려놓았다. 물의 양은 적정량의 70 퍼센트 정도로 맞추는 게 중요하다. 물이 끓기를 기다리며 콘비프와 어묵 볶음 준비에 돌입했다.

그때 코마치가 내 옆으로 다가오더니 재료들을 하나씩 곰곰이 뜯어보기 시작했다.

"……오빠, 혹시 요새 저녁밥 계속 이런 식이었어?"

"아니, 엄마가 만들어줄 때는 잘 챙겨 먹는다만. 오늘은 마트 들르는 걸 깜빡하는 바람에, 대충 이런 식으로 때웠지만."

"야채라곤 눈을 씻고 봐도 없잖아……."

"남자의 요리에 영양이란 단어 따윈 없다고. 야채는 소가 먹었을 테니 괜찮아."

"소는 아마 곡물만 먹었을걸……. 하여튼 못 말린다니까……."

그렇게 말한 코마치가 찬장을 열더니, 한껏 까치발을 들고 저 안쪽으로 손을 뻗었다.

"김은 있네. 그리고 미역을 불려서……. 옥수수 캔도 딸까?"

"오오, 뭔가 호사스러운데……?"

빠릿빠릿하게 토핑을 준비하는 코마치에게 감탄의 눈길을 보내며, 우유팩으로 손을 뻗었다. 그러자 그 움직임을 눈치챈 코마치가 내 손을 덥석 움켜쥐었다. 그 표정이 어쩐지 심각했다.

"오빠, 그 우유 뭐야. 뭐에 쓰려는 거야? 잘 모르겠지만,

무서우니까 하지 마."

"몰랐냐? 이걸 넣으면 짝퉁 돈코츠[#20] 풍이 된다고."

그렇게 말하며 냄비에 콸콸 우유를 부었다. 그러자 코마치가 비명을 질렀다.

"안 된다고 했는데!"

"아니 그게 감칠맛? 뭔가 감칠맛을 더해줘서 맛있다니까."

코마치가 징징대든 말든 요리는 순조롭게 완성되어갔다. 달걀을 투하해서 한소끔 끓인 후, 냄비에서 그릇으로 라면을 옮겨 담았다. 그 위에 볶아놓은 콘비프와 어묵을 얹었다. 여기다 미역과 김과 옥수수를 토핑하면…… 완성!

얼굴을 찡그린 채 얼어 있는 코마치의 등을 떠밀어 고타츠로 향했다. 그리고 라면 그릇을 두둥 눈앞에 내려놓고 수저를 건네주었다.

"자, 잡숴봐."

코마치가 쭈뼛쭈뼛 라면을 입에 넣었다. 그러자 경직되었던 입매가 사르르 풀렸다.

"……아, 생각보다 맛있네."

나직하게 중얼거리고는, 그 후에도 부지런히 면발과 국물을 후후 불어서 후룩후룩 삼킨다. 의외로 긍정적인 그 반

#20 **돈코츠** 돼지 뼈란 뜻으로, 여기서는 돼지 뼈를 진하게 우려 국물을 낸 돈코츠 라면을 말함.

응에 안도하며, 나도 식사를 개시했다.

둘 다 뜨거운 걸 못 먹다 보니, 먹는 속도는 그리 빠르지 않았다. 천천히 노닥노닥 먹는데, 코마치가 문득 생각났다는 듯 입을 열었다.

"음식 솜씨는 예전이랑 똑같네. ……왠지 옛날 생각나."

코마치의 시선은 그릇을 향한 채였고, 그 입가에는 부드러운 미소가 감돌았다.

옛날, 그러니까 코마치가 초등학교 저학년이던 시절의 이야기지만, 이따금 부모님의 퇴근이 늦어지는 날이면 오늘처럼 둘이 만든 음식을 둘이 먹곤 했다. 코마치 말처럼 그 시절에도 이런 식의 조잡한 음식밖에 만들 줄 몰랐지만, 그럼에도 코마치는 늘 불평 한마디 없이…… 아니구나 참, 불평은 늘어지게 했던가……? 그래도 어쨌거나 꼬박꼬박 먹어주었다. 이제는 그리우면서도 쑥스러운 추억이다.

"실례잖아. 그때보다는 훨씬 맛있어졌다고. 봉지 라면, 눈부시게 발전했으니까."

"하긴. 오빠는 발전이 없으니까!"

얄미운 소리를 한 코마치가 배시시 웃으며 말을 이었다.

"그래도 좀 더 번듯한 걸 만들 줄도 알아야 해."

"그야 전업주부가 되려면 중요한 능력이니까."

"응, 아마 죽어도 못될 거라고 생각하지만 그런 문제가 아니고, 대학을 가든 취직을 하든 조만간 독립해야 하잖아?

그럼 직접 해먹을 줄 알아야지!"

"아니, 딱히 독립할 마음은 없다만……."

내 말에 코마치가 째릿 차가운 시선을 보내왔다.

"독립해."

"그, 그래……."

뭐야, 이 오빠가 그렇게 싫으니……? 잠자코 코마치의 눈치를 살피는데, 코마치가 가볍게 헛기침을 하며 슬그머니 시선을 돌렸다. 그리고 발그스름해진 얼굴로 눈만 빼꼼 들어 흘끔흘끔 나를 곁눈질하며 애교스러운 목소리를 냈다.

"뭐 오빠가 정 힘들다면야 코마치가 가~끔씩 우렁 각시 노릇을 해줄 수도 있긴 한데……. 아, 방금 그 말 코마치 기준으로 포인트 높았어!"

"날 집에서 내쫓는 게 전제라는 점에서 포인트가 낮거든……?"

그런 시답잖은 이야기를 주고받다 보니, 야식인 라면을 깨끗이 먹어치우고 말았다.

"잘 먹었습니다."

예의 바르게 고개를 숙이며 말한 코마치가 만족스러운 한숨을 흘리며 그 자리에 털썩 드러누웠다.

"오냐, 변변찮다만. 자, 그럼 이제 방에 가서 얼른 자라."

이대로 고타츠에서 잠들어버릴 것 같은 분위기길래 한마디 하자, 으응~ 이니 어엉~ 이니 미묘한 대꾸로 일관하던 코마치가 갑자기 무언가 깨달았는지 벌떡 몸을 일으켰다.

"뭔가 단 게 먹고 싶어!"

"없어, 그딴 거."

내 스윗한 얼굴과 스윗한 말, 스윗하다 못해 호구 같은 성격 말고는 대령할 만한 게 없다. 하지만 그걸로 때울 수 있을리 만무했고, 결국 코마치는 읏차 기합을 넣으며 일어섰다.

"그럼 편의점 갔다 올래."

"이런 야심한 밤에 여자애 혼자 쏘다니면 못 써요."

"혼자가 아니면 되잖아?"

코마치가 나를 향해 쓱 손을 내밀었다. ……으음, 뭐 오랜만에 오빠 노릇 좀 해보실까요?

× × ×

별이 아름다운 밤이었다. 바람이 세게 불어서인지 공기도 맑았다. 달과 별과 가로등, 그리고 길게 처마를 맞댄 집에서 새어나오는 불빛이 밤길을 비추었다.

편의점으로 가는 길에는 우리 말고는 인적이 없었다. 그 고요한 거리에 코마치의 목소리가 울려 퍼졌다.

"으아, 추워추워! 진짜 추워!"

"그러게나 말이다. 추워 죽겠네……."

둘이서 실내와의 온도차에 오들오들 떨며 걸음을 옮기는

데, 코마치가 소리친 여세를 몰아 내 등을 탁 들이받았다. 그리고는 냉큼 내 옆구리로 파고들어 팔짱을 꼈다.

"……응, 이렇게 하면 따뜻하고, 코마치 기준으로 포인트 높아."

그렇게 말하며 내 얼굴을 올려다본다.

걷기 불편하고 낯 뜨겁고 포인트 쌓기가 거슬리는 것도 한몫해서, 코마치를 밀어내려고 그 머리로 손을 뻗었다. 그 때 코마치가 불쑥 중얼거렸다.

"입시도 이제 얼마 안 남았네……. 시험보고 나면 금방 졸업……. 그리고 입학인가……."

코마치의 표정에 아까처럼 들뜬 기색은 없었다. 그저 어두운 밤길에 점점이 빛나는 가로등불빛을 침울한 눈빛으로 바라볼 뿐이었다. 그 불안한 얼굴을 보자, 밀어내려던 손도 멎고 말았다.

"코마치."

"응? 왜? 오빠."

부르는 소리에 코마치가 고개를 들었다. 그 머리를 툭 치고 쓱쓱 쓰다듬었다.

"학교에서 기다리마."

"……응."

내가 머리를 누른 탓인지, 코마치가 고개를 수그렸다. 하지만 그 가냘프고 작은 목소리에는 힘이 있었다.

밤거리는 무서우리만큼 조용했고, 걸음걸이는 위태로운데다 바람은 살을 엘 듯 차가웠다. 기나긴 겨울밤은 언제 밝아올지 모르지만, 그럼에도 시간은 어김없이 흘러간다. 올려다본 하늘이 칠흑 같은 어둠일지라도, 그곳에는 또다시 봄의 별자리가 반짝일 테지.

계절이 바뀌어가듯 사람의 인연 또한 끊임없이 변화하는 법. 그 부실에도 새로운 누군가가 찾아올까. 그리고 앞으로 1년이 채 못 되어, 나는 그 부실을 떠나게 된다.

겨울이 오면 봄은 멀지 않으리니. 언젠가 이 밤하늘도 시간의 뒤안길로 사라지겠지.

그러니 당분간은. 곁에 있는 온기와 함께.

별들로 수놓인 밤하늘을 올려다보며 걸어가자.

■작가 후기

안녕하세요, 와타리 와타루입니다.

겨울도 가고 새로운 계절이 찾아오려는 요즘, 독자 여러분께서는 어떻게 지내고 계신지요. 저는 일합니다.

취직한 후로 줄곧 매년 회계연도 말이나 그 직전에는 이런저런 일들이 겹쳐서 갖은 고생을 해왔습니다만, 올해 역시 예외가 아닌지 변함없이 일거리에 절은 나날을 보내는 중입니다. 이것도 저것도 죄다 결산과 편집 탓이라고(격노).

하지만 그런 분주함 덕분에 삶에 긴장감이 생기고 인생이 풍요로워지는 건지도 모릅니다. ……라고 말할 수 있게 되면 사축으로서는 일단 합격이군요! 아싸, 해냈다.

일상이라 하면 특별함과는 동떨어진, 기복이라곤 없는 평화로운 나날들을 가리키는 것처럼 생각하기 마련입니다. 그러나 설령 큰 사건사고 없이 다람쥐 쳇바퀴처럼 반복되는 하루하루일지라도, 실제로는 항상 희로애락을 맛보기에 바쁘고 또 수많은 갈등을 내포하고 있는 게 아닐까 합니다. 예컨대 일로 점철된 일상일지라도 「저놈을 아작내주마」라든가 「이놈을 박살내주마」라든가 「그놈은 이미 박살냈다」 같은 느낌으로, 감정은 쉴 새 없이 요동치기 마련입니다. 일신우일신, 일사축우일사축.

그런 『일상』 속에서 그는 무엇을 생각하고, 그녀는 무엇을 느꼈는가. 그 『일상』을 추억으로 입에 올릴 때, 과연 어떤 표정을 지을까요.

그런 느낌으로 『역시 내 청춘 러브코메디는 잘못됐다.』 10.5권을 보내드립니다.

마지막으로 감사의 말 코너.

퐁칸⑧ 신. 이로하스~. 이로하가 표지여서 이번 권은 이로하스 삼매경 이로하스 100퍼센트라는 느낌이었습니다! 최고였어요! 땡큐베리이로하스.

호시노 담당 편집자님. 에이, 다음 마감은 껌이라니까요, 크하핫! 하고 호언장담하던 와타리 와타루는 죽었어. 이제 없어. 다음에는 똑바로 하겠습니다! 이번에는 거짓말이 아니라고요! 감사합니다. 크하핫!

미디어믹스 관계자 여러분. 항상 많은 도움을 받고 있습니다. TV 애니메이션을 시작으로 여기저기 민폐를 끼쳐 그저 죄송할 따름입니다. 모쪼록 앞으로도 잘 부탁드리겠습니다.

독자 여러분. 신간을 기대하셨던 분들, 매번 기다리시게 해서 죄송합니다. 본편도 착착 진행 중이오니 당분간 따스한 눈길로 지켜봐주시면 감사하겠습니다. 4월부터 시작되는 TV 애니메이션, 그리고 만화판 및 기타 미디어믹스도 포함해서 앞으로도 『역내청』을 응원해주셨으면 하는 바람입니다.

그럼 주어진 페이지도 바닥났으니, 이번 후기는 이쯤에서 마무리하도록 하겠습니다.

2월 모일 밤샘의 벗,
자양강장에는 MAX 커피를 마시며
와타리 와타루

■ 역자 후기

안녕하세요, 역자 박정원입니다.

이번 10.5권은 표지부터 시작해서 그야말로 이로하스의, 이로하스에 의한, 이로하스를 위한 외전집이라는 느낌이었네요. 유키노와 유이의 알콩달콩한 모습과 하치만에 대한 감정 등등도 깨알같이 묘사되지만, 무가지와 관련된 스토리를 주도하는데다가 급기야 데이트까지 해버리니 이번 권의 히로인은 이로하스라고 해도 무방하겠지요. 이로하스 귀여워 이로하스.

4권 이후로는 전체적으로 무거운 내용이 많았는데, 막간에 이런 아기자기한 소품을 배치한 게 신선하게 다가오더군요. 게다가 순수하게 단편을 엮어서 구성했던 7.5권과는 달리 각 챕터의 내용에 연계성이 있어서 보는 맛이 났습니다.
또한 칼럼을 쓰면서 마감의 고통에 시달리는 하치만을 보며 동병상련의 아픔을 맛보는 동시에 이 녀석은 전업주부의 그릇이 못 된다는 사실을 거듭 새삼 재차 확인했습니

다……. 포기해. 아무리 봐도 넌 평생 뼈 빠지게 일할 팔자야ㅠㅠ

폭풍 전야처럼 비교적 평온했던 10권을 발판으로 11권에서는 또 어떤 기발하고 흥미로운 전개가 펼쳐질지 기대하며 이번 후기를 마무리 짓고자 합니다.

막바지에 등장해서 착하고 귀여운 여동생의 표본 같은 모습을 선보인 코마치의 소부고 합격을 기원하며, 다음 권에서 다시 만나 뵙도록 하겠습니다.

역시 내 청춘 러브코메디는 잘못됐다. 10.5

1판 1쇄 발행 2015년 7월 10일
1판 8쇄 발행 2021년 6월 24일

지은이_ 와타리 와타루
일러스트_ 퐁칸⑧
옮긴이_ 박정원
일본판 오리지널 디자인_ numata rina

발행인_ 신현호
편집부장_ 윤영천
편집진행_ 김기준 · 김승신 · 원현선 · 권세라
편집디자인_ 양우연
관리 · 영업_ 김민원 · 조인희

펴낸곳_ (주)디앤씨미디어
등록_ 2002년 4월 25일 제20-260호
주소_ 서울시 구로구 디지털로 26길 111 JnK디지털타워 503호
전화_ 02-333-2513(대표)
팩시밀리_ 02-333-2514
이메일_ lnovelpiya@naver.com
L노벨 공식 카페_ http://cafe.naver.com/lnovel11

ISBN 978-89-267-9941-3 04830
ISBN 978-89-267-9311-4 (세트)

값 6,800원

L NOVEL

당신이 사는 마을의 도시전귀! 1권

키네코 시바이 지음 | 우라비 일러스트 | 정홍식 옮김

민속학자를 목표로 도시전설을 조사하고 있는 고등학생 야사카 이즈모.
「보라색 거울」 연구를 하다가 생일을 맞이한 그에게
전설과 같은 괴기 현상이 발생한다!
그리고 출현한 것은『도시전귀(都市傳鬼)』보라색 거울임을 자칭하는 소녀였다.
도시전설을 사랑하는 이즈모는 도시전귀를 한 권의 책으로 편찬하려고 하는데……
그 사실을 주워들은 전귀들이 속속 이즈모 앞으로 찾아온다!
깜찍하지만 피범벅인 일본풍의 어린 소녀부터 흉포한 무기를 꼬나 쥔 누님,
초고속으로 쫓아오는 소녀에 잘린 머리까지…….
계속되는 괴기 현상에 휘말리는 겁 많은 이즈모,
그의 미래는 어떻게 될까?!

『온라인 게임의 신부는 여자아이가 아니라고 생각한 거야?』작가의 훈훈한 괴기담!

NOVEL